遠いあなた

먼그대

徐永恩

安宇植訳

草風館

徐永恩小説集「遠いあなた」目次

梯子が掛けられた窓……………三

遠いあなた……………一三三

三角の帆……………一七一

手話……………二〇七

砂漠の歩き方……………二三九

解説　安宇植　二六一

◎文中〔　〕で囲んだ注は、訳注である。

梯子が掛けられた窓——生きることが怖くなるとき

いつもは真昼まで朝寝坊をする兄が、その日にかぎって早朝から起きてきたのは、五回も苦杯をなめてきた韓国駐留米軍のPX管理者募集試験に、再度の挑戦をしに行くためだった。母がご飯を炊いている間、兄は二人の妹の枕元で、座卓の上へ鏡を立てて、アフターシェーブローションで顔に化粧をしていた。

裸電球の突き刺すような光に、目が眩しくなるのを我慢しながら、眠っているふりをしていたので、わたしには兄の挙動の一つ一つが、閉じているまぶたの上からも十分に感じられた。わたしは兄が、手のひらにローションを落として顔に塗った後で、それを肌にしっかりと染み込ませるために、手のひらで顔の肌をぺたぺたと、軽くたたく音を聞くことができたし、爽快な海の風を連想させる、ローションの芳香を嗅ぐことができた。乳白色の焼きものの容器に、紺色の帆船が描かれているそのローションの芳香は、それこそ帆船が順風に乗って大海原を、波を蹴立てて航海するトレードマークにぴったりだ。永らく就職試験にドジばかり踏んできた兄が、なぜそのローションをあんなに大事にして、愛用しているのかわかる気がした。

兄は、ふだんはそのローションをとても大事にしていて、中身をビンから垂らして使うときなどは、ゴマ油売りが一滴のゴマ油を惜しむのと同じくらい、手つきも慎重だった。ある日わたしが、それをこっそりと使っているところを兄に見つかってからというもの、ビンを引き出しの奥深くに隠してしまいさえした。ところがその日の朝にかぎって、自分の門出を祝うつもりだったのか、それともこれから、就職さえできればこんなローションくらい幾らでもという気になったのか、とにかく少なくない量のローションをたっぷりと顔に塗りつけたことは間違いがなかった。なぜかというと、芳香がある軽やかな液体の飛沫が、兄の顔からわたしの顔にまで弾かれて飛んできたからだ。

兄がわたしに背中を向けていたので、気取られる心配がないことを確かめた後で、わたしは心おきなく兄を盗み見た。兄は床につく前に髪によくブラシをかけて、その後で黒いヘアネットをかぶったけれど、カミソリを使い、顔に化粧をするときまでも、ヘアネットを脱ぐことはなかった。そのため兄の長くはない髪の毛が、ヘアネットのせいで極端なくらいぴったりと頭にへばりつくものだから、頭に黒いエナメルでも塗りつけたように見えた。

時たま兄は顔をぐっと鏡に近づけて、何かを丹念に確かめる仕草をしていて、またしても両の手のひらで左右の頬をぺたぺたとたたいた。そんな兄ときたら、まるで頬っぺたをやたらとたたく、ギリシア神話のなかの美少年ナルシスみたいに見えた。顔ばかりでなくて、手のひらも手の甲もそんな調子でたたいた。

わたしの家族は、父が亡くなった後は兄に、一家の主の地位をゆだねなければならなかった。ところが兄は、そんな荷物を背負うには力不足だった。これまでのところは。

なぜかというと、兄は人生を切り開いていくうえで武器になるほどの、いかなるものも身につけてはいなかった。これといった技術も、名の通った大学の卒業証書もなかったばかりか、苦労を覚悟して険しい肉体労働の現場へ飛びこんで行くほどの、度胸や剛毅さえもなかった。どんな経緯で兄が在韓米軍のPX管理者募集試験に、自分の将来をまるごと賭けることになったのか知らないけれど、兄の手が届くところにある唯一の扉までが、兄のために容易《たやす》く開かれようとはしなかった。

兄は試験に五回も挑戦した。そしてその五回、すべて滑ってしまった。一度目と二度目は筆記試験で滑ったし、筆記試験で合格したときは、身体検査で肺に空洞が発見されてしまった。それが三度目になめた苦杯だった。自分が結核患者だという事実に肝をつぶして、兄は試験に落ちても落胆する余裕すらなかった。しかし、筆記試験の成績は一年間有効だったので、兄はその間に身体検査に合格しようと、さんざん苦心を重ねたけれど徒労に終わった。翌年ふたたび筆記試験に挑戦して合格したけれど、身体検査で、まだ肺にできている空洞が埋まっていないことが明らかになった。兄は肺結核の治療に良薬だという補身湯《ポシンタン》（犬肉の煮込みスープ）を食べ、暇さえあれば睡眠をとった。面接と身体検査をもういっぺん受けに来るようにという通知をもらってからは、一日と欠かさずに補身湯を食べた。

兄は、一人息子であると同時に三代独子、つまり曾祖父の代から三代にわたって続いた独りっ子でもあった。父が生きていて財産が十分だった間は、兄がどんなに騒ぎを起こしてまわろうと、両親のわが子可愛いさとおカネの力で、その後片づけを十分にやってのけることができた。高校を卒業するまでに、兄は一度の落第と二度の停学処分を味わった。落第も停学も煎じつめれば、兄に絡んできた女の子たちによるものだった。兄のもとへ舞い込んでくるラブレターの中には、彼を「モンティー」と呼んだものさえあった。兄が彼女たちに、自分をアメリカ映画「陽のあたる場所」とか「愛情の花咲く樹」などの主人公、モンゴメリー・クリフトのように演じて見せたのか、それとも歳を食っても、ただひたすら怯えた幼児のようにまん丸くした眼、そのくせ目もとに愁いをただよわせている兄の容貌が、単に「モンティー」に似ているように見えたのか、その点は知る由もなかった。ともあれどんなにスキャンダラスな行状も、兄の学籍簿を汚すことはなかった。兄が辛うじて大学へ滑り込んだ頃には、わが家の財産は半分に減っていた。

大学へ滑り込み入学してからも、兄には勉強に打ち込む気配などさらさらなかった。十日とおかずして「カネオクレ」と書かれた手紙が、両親のもとへ舞い込んできた。

チーズが種切れです——下宿でだしてくれるおかずだけでは栄養が足らないので、こればかりは是非とも食べなくてはなりません——何日か前に路上で、警察官に上衣と靴をそっくり取りあげられました。上衣は駐韓アメリカ第八軍から流出してきた、新品だったのです。ぼくの友人たちは警察官の目をくらますために、ほかの色に染め変えて着ているけれど、ぼくは色を変えなくても彼らの目をうまく逃れて、着て歩いていました。その日はツキがなかったんでしょうね。南大門のお化け市場の、ぼくが知っている商人に頼んだら、近ごろは品物を手に入れるのが空の星をつかむよりも難しいけれど、ぼくにだけは疵のない新品を手に入れてやると、約束してくれました。

兄は息つく間もないくらい、手紙を書いてよこした。

両親は学費と下宿代のほかにも、別途に百二十オンスの缶入りチーズの代金と、いつまた押収されるかわからないアメリカ陸軍の軍服と、ウオーカー製のブーツの代金まで、きちんきちんとソウルへ送金した。チーズくらいは幾ら食べようと、軍服とか靴とかをどれくらい没収されようと、卒業だけはしておくれという気持ちだったのである。それなのに三学年の前期に入って、兄は大学を中退すると宣言した。将来のことを思って、せめて卒業証書だけは取っておくべきだという両親の説得と哀願に、兄は、一歳でも若いうちに社会へでて行くほうが有利だと言い張った。言い張った程度ではない、椅子を庭先へ放り投げては、この次また自分に大学へ戻れなんて言いだしたら、家出をするからと両親に脅しをかけた。

こうして兄は、他人より二年も早く、社会へ足を踏みだした。もっとも、足を踏みだしただけで、兄は社会をどのように掻き分けて行くべきかを、まるきり知らなかった。世間の波に足を浸けたきりで、兄がどうしていいのかわからなくて突っ立っている間に、わたしたちに残された財産は、水に溶けていく石鹸よろしく磨り減っていき、郷里にあった最後の不動産を売り払い、ソウルは清涼里近郊のある大学の近くに辛うじて手に入れた、部屋が四つある公営住宅がすべてだった。

「やれやれ、ようやくちっとは安心できそうだよ」

母はわたしたちの財産が、これ以上は石鹸の泡みたいに消えていくことがないよう、揺るぎのないくさびを打ち込んだものと、確信しているみたいだった。

ところが、冬が過ぎて春を迎えてみたら、備蓄しておいた米と練炭とキムチなどの漬け物が、すっかり底をついてしまった。母の表情はふたたび愁いに包まれだした。家を新しく手に入れてからも、暖房の関係で空けておくしかなかった部屋の一つを、チョンセ〔家主に一定の金額を預けて借家・借間する韓国独特のシステム。月々の家賃を払う必要がなく、借家・借間を返還すると預けた金額が返還される〕の貸間にした。それからもまた何ヵ月かが、虚しく過ぎていった。

わたしが休学しても、窮地に立たされたわが家の家計は、ちっとも好転する気配がなかった。

思案の揚げ句、今度はわたしたち家族四人が、全員で一つの部屋を使用して、二つの部屋を空けて下宿生に明け渡した。こうして三人の下宿生が払ってくれる食費が、わたしたちの家計を支えてくれてはいたけれど、それすらも危なっかしくなってきた。彼らの中の一人がひどい貧乏で、三ヵ月近くただ飯を食べていたからだった。

わたしはそれ以上、タヌキ寝入りをしていることができなかった。兄の朝ご飯の支度をしてお膳を運んで来た母が、わたしを起こしたからだった。受験日の朝だというのに、息子の朝食のお膳の向かい側で、二人の娘が大の字になって眠っていることに、何がなし気が咎めたのかもしれない。兄が受験をしに行くたびに、妹とわたしは眠っていても起こされて、無理やりにお膳の向かい側で、食事をする兄を見守っていてやらなくてはならなかった。母はそうした不文律を忠実に守り通してきていたけれど、兄がそのつど受験に失敗していたから、不思議でならなかった。

「はい、これ。無駄遣いしないで、残して持って帰るんだよ」

就職試験の日にかぎってむやみに大らかになる母は、交通費をたっぷりとくれてやったことがすぐに、悔やまれるかのように注文をつけた。けれども兄は、ただの一度だって、交通費を残して持ち帰ったことはなかった。むかっ腹が立ったので、帰りがけに一杯飲んでしまったと言い訳した。

しぶしぶお膳の傍にはべってはいたけれど、わたしは次第に自分だけの心配に頭を悩ませ始めた。母から、兄の世話をするように言われたらどうしようか、というのがわたしの心配の種だった。

前回、兄が受験をしに行く日のことだった。兄が靴を履こうとしたとき、母が兄の上衣の袖口をつかんで待ったをかけた。

「お待ちよ、その靴、ちょっと拭かなくちゃ」

兄の靴を拭いてやるよう命じる声に、わたしはいまにも泣きだしそうに顔を真っ赤にした。乾いた布巾を持ってきてからも、依然としてもじもじしているわたしに、母が急がした。

わたしは、靴を拭いてくれるのを待って立っている兄の、膝元へ腰を折り曲げた。母は、わたしが泣いていることに気がついた。兄を表門の外まで見送ってから戻ってきた母は、腹立ちまぎれに大声を張り上げて叱りつけた。

「あんたって、自分のお兄ちゃんの靴をちょっとくらい拭いてやったことが、そんなに悔しいのかい」

とはいえ母は、すでに娘の幼い頃から、羞恥心と自尊心の強い性格のせいで、数えきれないくらい煮え湯を飲まされてきた。娘は来客があったときなど、お遣いをさせても顔色を紫色に変えて、べそをかいたのだった。

やがてお膳を退けた兄は、母が手渡してくれる薬ビンから、元気の素をひと握りほど取りだして、水もなしに噛み砕きながら飲んだ。兄は薬ビンをいったん窓枠の上に載せて、ふたたび取りあげて元通り母の手に戻してやった。母はそれをさらに元あった場所へ戻しながら、叱りつけるように「おっ母さんをよくもこき使うもんだ」といったけれど、実際にはちっとも嫌っている顔色ではなかった。

兄は着替えをした。やぼったくはあるけれど防寒にはずっとよい、オーバーコートはそっちのけで、ブルーのチェック柄のハーフコートを羽織った。その後で、襟を立ててみては元通りに下ろすと、その上に赤褐色の毛織りのマフラーを巻きつけ、その片方の端を肩越しに背後へ流した。鏡を覗き込んで、兄は自分の出で立ちが気に入ったのか、にっこりとした。

ずっと後になってわたしは、なぜ兄がたびたび試験に滑ったのか、その理由がわかった。PXの管理者とはいうけれど、一種の労務者を選ぼうという米軍関係者としては、きついシェーブローションの匂いを撒き散らし、顔は「モンティー」に似ていると自分から錯覚して、マフラーを格好よく首に巻きつけている男の、そうしたきざっぷりはかえって、一目でマークされたにちがいないのだ。

兄の支度はすっかりととのった。いまや兄は、自分の身上カードが入っている黄色い四角の封筒を手にして、玄関から出ていくところだったので、わたしは気が気でなかった。母が、このないだみたいにわたしに、兄の靴を拭いてやるようにと言いだしかねなかったからだった。わたしは兄よりも先に部屋を出て、トイレへ逃げ込んだ。そうして兄が出かけていった後になって、お腹が痛いふりをしてトイレから出てきた。

夕飯の食卓に載せる大豆モヤシの料理に取りかかるには、まだ早い時刻だった。冬の短い陽射しとはいえ、やっと午後三時にしかなっていなかった。母が今日にかぎって夕飯の支度を急ぐのは、兄の帰宅を待ちわびる苛立たしさを、紛らそうという気持ちからだったろう。

母が拡げた新聞紙の上に、モヤシを入れた琺瑯引きのボウルをおくのを見て、わたしは何も言わずに、ひしゃげたそのボウルの前へ行って座り込んだ。値段が安いうえおかずの数を増やすのに、モヤシくらい打ってつけのものはなかった。モヤシの形が楽譜のおたまじゃくしに似ているので、下宿生たちからやれ「ドレミスープ」だの、「ドレミ和え」だのと陰口をたたかれながらも、幸いたびたびお皿が空になって戻ってくるので、母はちょくちょくモヤシを素材にしたおかずを食卓に載せた。

モヤシの黄色い頭から皮を取って、根の部分の髭をむしり取る作業は面倒ではあったけれど、手馴れていたから、頭の中では幾らだって、別の考えにふけることができた。

わたしの思いがまっしぐらに飛んでいき、翼をたたむ場所というのは、アメリカ映画『尼僧物語』の中でオードリー・ヘプバーンが、フィアンセからプレゼントされたか細い金の指輪を抜き取って、重々しい門の中へ消えていったあの修道院だった。女友達のヨスクと一緒に、わたしはその映画を観た。わたしたちはその日、ヨスクのたった一人の肉親である母方のお婆ちゃんを、青雲洞にある養老院へ入所させてから、ヨスクが身につけていたブローバの腕時計を売って、中央劇場へ出かけて行った。

貧しさと低俗にあらがい、首筋をピーンと立て、突っ張って生きることにくたびれていたわたしは、あんなに優雅に、世間との因縁を断ち切る方法があると知って、興奮を禁じ得なかった。尼僧マリアとなったヘプバーンは、美しい金髪を切り落とされ、指から愛を抜き取ってしまったというのに、貧乏臭くてみすぼらしく見えるどころか、いよいよ至純の魅力に満ちあふれていた。神の存在を信じていなかったわたしは、その至純の麗しさがかもしだす黒い修道女の衣装が、過酷な自己否定と神への絶対的な献身を約束する意味をもつことを、よく知らなかった。尼僧マリアがなぜ、しばしば「メアア　クルパ」「メアア　マクシパ　クルパ」と口の中で唱えながら、ひっきりなしに自分の胸を拳でたたいているのか、その理由がよくわからなかった。

不意に隣の座席のヨスクが、しくしく泣きだした。

「どうしたのよ?」

わたしはヨスクの膝をそっとつねった。

「うちのお婆ちゃんが可哀想。あたし、帰るわ」

勢いよく席を立とうとするヨスクを、引き留めて座らせておいて、わたしは映画が終わるまでずっと、ヨスクのスカートの裾をつかんでいた。いよいよ映画が終わったときには、ヨスクのほうがわたしを自由にしてくれなかった。

「ジャージャー麺を食べに行かない？」

わたしは渋々というふうに従いていって、ジャージャー麺が運ばれてくるよりも先に、マラリアの特効薬の金鶏蠟〔塩酸キニーネのこと〕みたいに、真黄色なたくあんをつまんで、ぽりぽりと食べながら提案した。

「ねえ、わたしたち、修道女にならない」

またしても涙で曇ってきた眼鏡を取って、ヨスクはすぐさまむかっ腹を立てた。

「この娘ったら、あたしは無性に腹が立って仕方がないっていうのに、どうしてそんな突拍子もないことを言いだすのよ」

ヨスクの同意を得ることはできなかったけれど、わたしは確信した。尼僧になれば、わたしたちに屈辱を強いるような人生が、これまでみたいにわたしたちを、見下したりすることはできないだろうと。

「ほれっ、気を入れておやりよ、何をぼけっとしているのさ」

母からけんつくを食わされて、ただひたすら尼僧マリアの後を追っていたわたしの思いは、モヤシを入れたひしゃげたボウルの前へ舞い戻ってきた。拡げた新聞紙の上に棄てなければならない、根もとの髭はボウルの中に、ボウルの中に入っていなければならない髭と皮を取ったモヤシが、新聞紙の上にうずたかく積み上げられていた。遅ればせにそのことに気づいた母も気もそぞろで、モヤシの髭取りに身が入らなかったことは明らかだった。

「どうやら母さんが、ちょっと外へ迎えに出てみなくちゃなんないようだね。こんなに帰りが遅いところをみると……」

母は溜め息をつきながら、仕事の手をおいた。けれども、母の溜め息があまりにも性急すぎるのではと、わたしは依然として希望を棄てなかった。わたしとしては兄が今度も試験に滑ったら、その後にわが家族の上に降りかかる苦労が、果たしてどんなものやら想像だにつかなかった。希望はわたしにとって唯一の、わが身を守る盾だった。

「すっかり髭を取ったら、水洗いしてすすいでおくこと。それからお米を研いで、ご飯を炊く支度をするんだよ。麦をたっぷりと混ぜなくてはいけないよ」

兄を迎えにでていきながら、母がわたしに言いつけた。母のその言葉の中には、わたしたちが迎えねばならない残忍な未来図が、早くも予見されていた。

兄がまたしても就職試験に滑ると、わたしの家族は兄に託してきた期待を、わたしに託してみようとつとめた。

わたしは小学校の、二級正教師の教員免許状をもっていた。わが家の暮らし向きが下り坂にさしかかるにつれて、わたしは家族のみんなからいつも、その免許状を有効利用するよう、それとなくプレッシャーをかけられてきた。

薄暗い裸電球のもとで、下宿生たちが食べ残した、余り物のおかずで食事をしていると、無言の侘びしさが鋭い槍の穂先のように、自分の胸元に突きつけられているようだった。母がお膳の下で、釜の底にこびりついている麦飯のお焦げを、匙でがりがりと掻き落とす音をたてるたびに、わたしは拷問を受けているような気がした。

いまからでも、ワイシャツのボール箱の底に入れてある教員免許状を取りだして、どこかの島とか山奥の小学校の先生になったら、わが家の暮らしが幾らかましになることは確かだった。けれどもわたしは、その免許状がもたらしてくれそうな取るに足らぬ暮らしの安定を、自分の意思に反して無理やりに、師範学校へ進学させられたときから嘲笑してきた。

その頃、江原道には春川と江陵の二つの市に師範学校があった。学費が免除され、卒業後は就職が保証されたので、貧しい家の優等生たちが道内の各地から群がってきた。自分の人生のレベルアップを図ろうという意志を、早くから放棄したクラスメートたちの早熟な表情から、わたしは朧気ながら、自分がなぜあんなに師範学校への進学を嫌ったのかを探り出すことができた。

わたしは教職には必須科目である、オルガンと遊戯の練習をほとんどサボった。そのことだけでもわたしは、クラスメートたちが向かっていた道から、遠くへ外れてしまっていた。自分の内面に頭をもたげていた進学への夢は、なおさらわたしを反師範人につくりあげていった。

とはいえその夢は、次世代の国民教育を背負うことになる使命感に燃えている、クラスメートたちの熱烈な勉学熱の中に紛れ込んでいることによって、見事にカモフラージュすることができた。机の上にVの字に開いておいた英語の教科書に隠れて、わたしの夢が次世代の国民教育なんかではなくて、それよりもずっと高いところを目指していることを探りだすのは、決して容易ではなかっただろう。そのVの字の三角の頂点が、丸見えの教卓の上からでさえも。

ところが、わたしの両親の場合はいささか違っていた。学期末ごとに娘が持って帰る成績表を、注意深く観察した揚げ句、彼らはその中から奇異な現象に感づいた。二学年二学期の成績表を受け取って観察していて、母はわたしを追及した。

「音楽と体育の点数がどん尻じゃないの。こんな成績で、教員免許が取れるのかい」

その言葉は国語・英語・数学の点数がどんなによくたって、小学校の先生になろうという人にとって、それがどんな役に立つのかという意味ばかりでなく、わが家の暮らし向きからすると、息子一人を大学へ進学させるだけで十分だから、あんたは余計な夢を見ないようにという暗示でもあった。

そんな時期に、わたしの決心を覆してしまう事件が持ち上がった。市民ホールで全校生が団体で鑑賞した、映画「検事と女教師」のせいだった。女教師に扮したユン・インジャは愛をもって教え子の世話をする、まるで母親のような教師だった。彼女が担任するクラスには、聡明で性格がおとなしいうえ、こまめな生徒がいた。けれども家の暮らしが極度に貧しくて、三度の食事にもありつけないありさまだった。お昼時間になるとその生徒はこっそりと教室を抜けだしてクラスメートがお弁当をすっかり食べ終わるまで、たった一人で運動場を歩き回ったりした。そのことを知った女教師は、ほかの生徒たちに気づかれないように、自分のお弁当をその生徒の机の引き出しの中へ忍ばせておくことを、十年一日のごとく続ける一方で、病床に臥せっているその生徒の母親が健康を取り戻すよう、薄給から少なくない金額の薬代を割いて与えたりした。こうして女教師の献身的な世話を受けたその生徒は、勉強を一所懸命にして立派な人間になることこそ、師の恩に報いる道だと信じて固い決心をする。歳月は流れ、その生徒は愛の鞭のおかげで、押しも押されもせぬ検事になったけれど、女教師のほうは遊び人でばくち打ちの夫のせいで、殴る蹴るなどの、家庭内暴力に苦しめられる日々を過ごす境遇にあった。夫の虐待に耐えきれなくなった女教師は、ふとした拍子に夫を殺害し、法の裁きを受ける場に立たされる。かつての教え子と女教師は、検事と被告となって運命的な巡り会いをする。すっきりとした端正な身なりの検事が、ブルーの普段着姿の憔悴しきっている中年の被告に対して、

「先生、一体これはどうしたことですか?」

と叫びながら、手錠でつながれている手首を両手で包み込むと、饐《す》えたようなカビ臭さが鼻をつく傍聴席のこの隅あの隅から、しゃくり上げる泣き声が聞こえてきた。けれども検事は、苦境に追いやられた恩師のために、恩返しができる唯一のチャンスを迎えながらも、恩返しどころか、彼女が犯した罪を告発するために、声の調子をととのえなければならなかった。検事

の秋霜烈日を思わせる論告が淀みなく法廷に流れる間、市民ホールを隙間なく埋めつくした将来の教師の卵たちは、数奇な運命にもてあそばれるスケープゴートとなった女教師への、胸も張り裂けんばかりの同情心から観客席を涙の海にした。

こうしてわたしは、これまで自分が懸命に這い上がろうとしながらも、それが具体的にはどういうことなのかを理解できずにいたことを、その涙の海のど真ん中で両頬を濡らす涙とともに、にわかに覚ったような気がした。

その日の晩わたしは、母と兄と妹が寝入るのをじりじりしながら待ち受けた。とうとう電灯が消され、母や兄や妹が寝床に入ると、わたしは家族に気づかれないようにして、進学の夢を焼きつくすためにだけ使用してきたローソクを取りだして、机の片隅に立てて火をつけると、「尊敬するユン・インジャ先生」という書きだしの、長い手紙を書き始めた。わたしはその手紙に、詩人金素月（一九〇二〜一九三四。一九二二年に総合誌『開闢』などに「カラムラサキツツジ」など五十余編の叙情詩を発表して詩壇にでた。民謡的なリズムで植民地下にあった亡国の民の鬱憤と、青春の恨を統一的な抒情として表現し、傑出した才能を発揮した）の、「昔はついぞ知りませせなんだ」という詩の文句をさりげなく引用しながら、わたしの経済的に恵まれていないクラスメートたちが、自分の人生を上昇させせようという志向性を放棄したからではなくて、よりいっそう高めようという意図から、苦難の茨の道である人の師たるべき道、すなわち師道を選択したことを遅ればせながら覚ったと告白した。

それからふた月後に、クラスメートのヒョースニのことさえなかったら、わたしはいまごろは、東海の寄せては返す青い波頭が、校庭を囲っているカラタチの垣根を、濡らしかねないような海際のとある小学校で、未来の判事とか検事とかになるかもしれない、少年少女たちのためにお弁当を二つずつ包んでいたかもしれなかった。

十日間も無断欠席を続けてきたヒョースニが、彼女の父親に引っ立てられてわが家へ現れたとき、わたしは勝手口から行方をくらました。彼女の父親とわたしの母とは遠い親戚筋だったけれど、わたしは内心で、火箸で前髪に鏝《こて》をあて、成績がどん尻から五番目くらいのヒョースニをすごくバカにしていたので、友だちづき合いを避けていた。わたしは裏門の外の石段に腰をかけ、Ｆまで暗記をし終えた英語の辞書を開いて手に持った。冷たい石段に体温を奪われて尻が冷えてきた頃、わたしは辞書を閉じてその場に立ち上がった。気分的には満ち足りていた。まるで農民が田畑で刈り入れた穀物を納屋へ積み上げておくように、辞書に植えつけられている単語の群れを頭脳の中の倉庫へ移して、きちんきちんと貯蔵していくその作業はわたしを有頂天にさせた。

家の中ではまだ、母とヒョースニの父親との話し合いが続いていた。

「そんなに心配したって、始まりませんよ、おにいさん。もう、お盆の水はひっくり返ってしまったんですもの、いまになってこの娘を折檻してみたからって、どうなることでもないでしょ？」

「ソウルへ行けば、誰にもわかられんように、中絶してくれる病院があると聞いとるけんど……」

「もう、手遅れですわ。分別のない娘ときたら。せめてもう少し前に打ち明けてくれさえしたら、こんなにお腹が大きくなったりは、しなかったでしょうに」

「すべてはわしが、不行き届きだったたんじゃよ。下宿のかみさんばかりを頼りにして、監督を疎かにしてきたせいだわな。みっともなくて、とても世間に顔向けなんぞできたものではないわな」

「噂が立たないようにしなくちゃね。子が産まれてくるまでは、あたしが傍についてますから、産まれたらすぐにもソウルへ連れてって下さいな」

顔が青黒い痣だらけのヒョースニはこうして、学校へは医者におカネをつかませてこしらえた偽の診断書を添えて休学届けをだし、ポプリンのカーテンで間を仕切って二つに分けた、わたしの部屋のもう一方へ身を隠して過ごすことになった。

わたしはヒョースニのどん尻の成績とか、火箸で鏝をあてて、まるで開けかけたカーテンのように見えるけったいな前髪、夏の制服を着ているときなどは腋の下が黄色っぽく濡れてくる旺盛な分泌物とか、媚びでも売るようなおかしな歩き方とかに、もの凄い嫌悪感と軽蔑を抱いていた。けれどもポプリンのカーテンの向こう側のことが気になって、どうにも我慢がならなかった。何よりもわたしには、ヒョースニの体がちっとも、赤ちゃんを身籠もっている人みたいに見えないことが不思議だった。とどのつまり父親からさんざん殴られて、目もとが青黒くなっている痣の痕とか、これまでみたいには火箸で鏝をあてた痕跡を見ることができない、ぱさぱさした髪型を除いたら、彼女の外観にはさしたる大きな変化など見あたらなかった。それなのにヒョースニは、わたしが知っていたこれまでの彼女ではなかった。

ヒョースニは、陰鬱かつ神経質な沈黙でもって自分を神秘的に包み込んだまま、わたしの焼けつくような好奇心を黙殺した。

ある晩のことわたしは、カーテン越しに聞こえてきたうめき声のせいで、不意に目を覚ました。明かりをつけ、こっそりとカーテンの裾を上げて覗き込んだわたしは、びっくり仰天してしまった。ヒョースニの枕元におかれていた、長い木綿地の白布のせいだった。わたしは思わず、腹違いの妹の偽りの訴えがもとで罪に陥れられた、『薔花紅蓮伝』〈朝鮮〈李朝〉時代の古典小説。勧善懲悪をテーマとした継母の継子いじめを描いた作品。第十七代国王孝宗〈在位一六四九～五九〉の代に平安道鉄山郡の府使だった全東屹が実際に経験した、継子の薔花と紅蓮姉妹の恨みを晴らしてやった実話をもとにしている〉のヒロイン薔花に、大黒柱に首吊り自殺をすることを余儀なくさせた、あのぞっとする長い白布のことを思い出したからだった。

ところがうめき声が止んで、わたしよりずっとびっくりして目を覚ましたのは、ヒョースニのほうだった。ヒョースニはふとんの裾で、慌てて自分の体を隠した。にもかかわらず明らかなのは、ヒョースニ自ら体を傷つけたりした痕跡など、まったく見あたらなかったことだった。

「夢を見たのよ。怖い夢だったわ」

体から饐えたような匂いを発散させながら、ヒョースニは独りごちるようにつぶやいた。

「怖い夢って？」

わたしは素早く、彼女の言葉尻に食い下がった。

「雪がもの凄く降りしきるんだけど、わたしが列車に乗せられて、シベリアへ流刑にされるっていうの。わたしはネフリュードフ公爵に、せめて一度でいいから逢わせて欲しいって、わたしを監視している黒の制服姿の男に哀願したの。〈カチューシャよ、おまえのネフリュードフ公爵は、来ないではないか。おまえは見捨てられたのだ〉と、その男が嘲笑うものだから、わたしは憤激して襲いかかると、食らいついたわ。その男の一本の指が食いちぎられて、雪の上に突き刺さり、白い雪がたちまち朱に染まったわ。するとその男が悲鳴を上げ、朱に染まった雪の上に倒れるじゃないの、よくよく見ると、それはネフリュードフ公爵だったの」

「カチューシャって何よ？　それから、ネフリュードフ公爵って誰なのよ？」

わたしは愕然として、ヒョースニの言葉をさえぎった。

「あんたって、すると、この本もまだ読んでいなかったの？」

ヒョースニは身体の異常を隠すために、お腹を締め上げていた木綿の腹巻きの下から、トルストイの長編小説『復活』を取りだして見せてくれた。

ヒョースニへのわたしの途方もない優越感は、『復活』によってたちまち形無しになってしまった。数日もの間、夜を明かすようにして『復活』を読み終えたわたしは、その感動をそっくりそのままヒョースニに感染させ、自分の部屋の半分をカチューシャに与えているような、しびれる興奮に浮かれてしまった。

わたしを味方につけたヒョースニは、「厄介な頼み」だと前置きして、わたしの勇気と冒険心を煽り立てながら、用事を言いつけた。わたしは母に内緒で、ヒョースニの手紙を本の間に隠しておいて、ネフリュードフ公爵が勤めている学校へ訪ねていった。赤いいちごっ鼻の、背中が丸くて近視の、ヒョースニのネフリュードフ公爵と、顔を合わせたときに味わわされたわたしの失望は、ありきたりのものではなかった。夜な夜なヒョースニを苦しめ呻かせている男が、若くはなかったということも驚きではあったけれど、彼が威厳を備えた教頭先生だったという事実に、大きなショックを受けた。

彼はヒョースニの手紙を手渡そうとするわたしに、まるで学生主任が出入り禁止の場所で摘発した生徒でも叱りつけるように、訓戒を垂れ始めた。わたしはとっさに、さっさと引き返してきてしまった。ヒョースニの手紙は帰る道すがら引きちぎると、どぶ川へ投げ込んだ。わたしはヒョースニに、手紙は確かに手渡したから、ほどなく返事が来るだろうと嘘をついた。ヒョースニは来る日も来る日も、首を長くして返事を待ち続けた。わたしはネフリュードフ公爵から届いたふうを装って、ヒョースニに手紙を書こうかとも考えた。

ある日のこと学校から帰ると、母がわたしに、当分の間ほかの部屋を使うようにと言った。

そんなことがあって数日後、ヒョースニが産んだ赤子が息を引き取った。この世に生を享けてきて、一度だって声を上げて泣くこともできないまま、眠るようにして静かに、生命が産まれてきた場所へ戻っていった、その赤子のおでこには、イエスの額に流れたそれと同じような、受難の血の痕が宿っていた。

そんなことがあってさらに数日後、もつれ合った敷きふとんと掛けふとんをほったらかしたまま、ヒョースニは行方知れずになった。母は、ヒョースニが敷いたりかぶったりしていた古い敷きふとんや掛けふとんのカバーと、世間の噂からヒョースニを隔離してくれた、ポプリンのカーテンを取り外して洗濯し、残りの所持品類はまとめて風呂敷に包んだ。そんな母をわたしは手伝った。わたしの部屋の半分を占領していたヒョースニの痕跡は、跡形もなく消え失せたように見えた。わたしの目の前で持ち上がったカチューシャの悲劇は、かくして忘れ去られていくかと思われた。ところがさにあらずだった。洗濯物用の風呂敷に包まれている、糊を利かせたふとんカバーとかシーツ、ポプリンのカーテンとかをしっかりと踏みしめ〔韓国では布が丈夫になるというので洗濯物を砧でたたくのと同じく、古くから洗濯物を専用の風呂敷に包んでしっかりと踏みしめる〕ている間に、にわかにヒョースニの手紙を引きちぎってどぶ川に投げ込んだことが思い出されて、わたしは跪いてどすんと座り込んでしまった。

師の道へのわたしの熱望は、赤子の死とヒョースニが行方知れずになったせいで、急速に冷え込んでいった。

明け方に母と兄とが、ひそひそと話し合っている声にわたしは目を覚ました。

「もっと下宿をさせるって？　そんな部屋がどこにあるっていうんだい？」

「居間があるじゃないか」

「うちの家族は？」

「母さんとぼくは脇部屋においてあるものを片づけて、そこで寝起きをするし、チョンエとチョンミンは、中二階の屋根裏部屋が広いから……」

「それはいけないよ。どっちも恥ずかしがる盛りの年頃なんだから」

「母さんたら、うちの事情がそうなんだもの、仕方がないじゃないか」

「あたしたちがこのありさま、この体たらくになっちまったことを郷里の人たちが知ったら、みっともなくて顔向けもできやしない。どうしよう？」

母の言葉の終わりに、長い溜め息と涙声が洩れてきた。ややあって、兄の胸のうちを察した母は、言葉の終わりに洩れてきた涙声を紛らすように、ことさらに激しく咳き込んで見せた。ところがすでに、悲しみに包まれていた兄は、ぱっとふとんを跳ね除けて起き上がると、胡座をかいた。

「いっそのこと下宿屋も間貸しも、止めてしまったら。おれだってそんなしみったれたことなんか、考えたくなかったんだから」

母はまたしても激しく咳き込んだ。そんな具合にして母は、悲しみの涙が込み上げて来るのを鎮める、時間稼ぎをしているみたいだった。

「そうでもしなければ、にっちもさっちも行かないことくらい、母さんにだってわかってるよ。けど、チョンエが言うことを聞いてくれるだろうか……。おまけに、あの娘たちが中二階の屋根裏部屋で寝起きすることになったら、下の部屋には間借り人がいるのに、どこから出たり入ったりするんだい？」

「………」

息子の顔色をうかがってから、母は返辞を待った。兄がつっけんどんに言い返した。

「外から、梯子を掛けるしかないじゃないか」

わたしは激しく胸が高鳴り、全身が熱くなってきた。もはやいかようにも避け難い事態が、わたしをめがけて真っ向から迫って来つつあった。これまでわたしは、わが家の下宿生たちに自分をまったくさらけだすこともなく、見事に持ちこたえてきたものだった。けれども、中二階の屋根裏部屋の扉を一枚はさんだ、外にまで押し寄せてくる下宿生たちから、どのようにして逃れることができようか。そのことだけでも惨めなのに、梯子を伝って犬くぐりほどの、屋根裏部屋の窓から出入りしなければならないなんて。

朝を迎えてからも、わたしの体の熱はちっとも下がらなかった。それはまるで、悪性のインフルエンザの症状そっくりだった。母はわたしのおでこに手を当ててみて、小首を傾げた。

「昨日の晩までは元気だったのに。双和湯でも服《の》んで、たっぷりと汗を流さなくちゃいけないね」

わたしがオンドルの焚き口に近いところで、掛けふとんをかぶって患っている間に、わが家の表門の前には「下宿生を求む」と書かれたビラが貼りつけられ、それからしばらくして、下宿を物色している学生たちがやってくると、わたしが臥せっている部屋のドアを開けて、中を覗き込んでから帰っていった。

その明くる日の朝、兄は鋸を挽いたり金槌を打ったりして、梯子をつくり始めた。その梯子は、内庭から台所へ出入りする戸口の前に立てかけられて、この先わたしと妹が上り下りすることになる代物だった。

梯子がほとんど出来上がった頃、妹が学校から帰ってきた。兄は妹を内庭へ呼びだした。すでに自分自身で、梯子の使い勝手を十分に試してみたはずなのに。患って臥せっていなかったら、兄は梯子の使い勝手の試験をわたしにさせただろうし、わたしは頑として兄の言いつけに逆らい、わたしたちはしまいに顔を真っ赤にして、声を張り上げたことだろう。

妹はおとなしく、兄の命ずるままにしたがった。

「足踏みをしてご覧」

「いいわよ。頑丈だわ」

「てっぺんまで上がっていって見ろったら」

「痛っ！」

妹は中二階の屋根裏部屋へ窓から入っていこうとして、窓枠に頭をぶつけたらしかった。妹の声があんまり大きかったので、向かいの部屋に下宿している学生たちが、何事かと戸を開けて覗き込んだりはしないかと、わたしははらはらどきどきした。

唇を噛むと、わたしは頭のてっぺんまでふとんをかぶった。背筋を伝って、ぞくぞくするような冷や汗が流れた。

ついさっき母は、脇部屋を空けるために、そこにあった荷物などを廊下へ運び出してきた。その荷物は、わが家に下宿していて行方知れずになった、学生のものだった。七ヵ月も食費を滞らせたその学生は、ある日のこと大学へ行くと言い残して出ていったきり、音沙汰がなかった。同じ部屋に下宿していた親しい友人の話だと、大学へも出てこないとのことだった。わが家ではその学生のふとんや衣類、書物などを荷造りして、脇部屋へ保管して来たけれど、二年経っても依然として音沙汰がなかった。

専攻は畜産学だったけれど、彼の書物は六法全書を初めとして、ほとんどが法律関係ばかりだった。彼はこっそりと、司法試験の準備をしていたのだ。

彼の荷物を運んでいく前に、わたしはふとんの包みの下敷きになっていた、本の一冊を抜き取って、ページをめくってみた。赤鉛筆でほとんど毎ページ、アンダーラインが引いてあった。『カルゼンの法理論』、それが、ふとん包みの下敷きになっていた本の名前だった。一人の法学生の挫折した夢を手の上に拡げて持っていたら、生きていくことへのぞくぞくするような怖れが、わたしを生捕りにした。一体全体、生きるっていうのはどういうことだろうか、これほど執拗な執念でさえも、酷たらしく葬り去ってしまうなんて。

ほかの荷物などと一緒にその本は、納屋の中で真っ黒な練炭の粉をかぶりながら、ますます真っ黒になって忘れ去られていった。時たまわたしは道を歩いていて、名前も知らない通行人のくたびれている肩の周りに、赤いアンダーラインが引かれている本の一冊が、蝶のようにページをめくったり閉じたりする幻影を見たりした。

下宿をする学生の来る日が、日一日と近づきつつあった。梯子は妹が試し乗りをしてみて以後、ほったらかしてあった。

その間に二、三度雨が降ったので、梯子をこしらえた木材が濡れ、打ち込まれている釘の周りには赤黒い錆がついていた。

真ん中の部屋の下宿生たち二人が、顔を洗いに内庭へやってきて、梯子に気がついて交わした言葉。

「おれって梯子を見ると、登っていってみたくなるんだな」

彼は国文科の三学年に在学中だった。

「冗談はよせ」

もう一人の国文科三年生が、言い返した。

「冗談だって？　これは純粋な詩だぞ」

「ぼくだって詩だとも。ぼくには高所恐怖症があるんだから」

部屋の中で、二人の国文科の学生たちの詩に聞き耳を立てながら、わたしは彼らの目の前で、中二階の屋根裏部屋の窓から這いだしてきて、梯子伝いに降りてくる自分の姿を想像してみた。いやこれは、数日後には決して想像ではない、現実となることは紛れもなかった。

いまからでも心を入れ替えて、人里離れた山奥とか地方の離れ小島の小学校の先生になったら、あんな梯子はわたしの前から片づけられることだろう。そのうえ梯子は、ほかのすべての梯子がそうであるように、レンガを積み上げるときとか、屋根の修理をするときとか、高いところに釘を打ちつけるときとかのほかには、さほど役には立たないはずであった。梯子は日常において、補助的な用途に用いられたらそれでことは足りた。

わたしは家族に気づかれないように屋根裏部屋へ上がっていって、こっそりと戸を開けて中へ入り込んだ。そこにはわたしの、教師の免許状が入っている古ぼけたワイシャツのボール箱を含め、がらくたなどが積み上げてあった。わたしは箱を開けて、砧で布を打つとき布を巻きつけておく棒の綾巻きのようにぐるぐる巻きになっている、免許状を取りだした。

教育公務員免許状本籍地江原道姓名ハン・チョンエ資格小学校二級正教師右は教育公務員法

所定の資格基準に依拠して頭書の資格を有することを認定しこの証書を授与する檀紀四二九四年五月一八日文教部長官

これが、国家がわたしに発布してくれた、小学校二級正教師の免許状の内容だった。オルガンと遊戯をまったく学んでいなかったのに、国家はわたしに免許状をくれたのだ。わずかに留保されたのは、採用だけだった。

免許状はわたしの決心を鈍らせ、心変わりをさせるうえで何らの役にも立たなかった。二度三度と繰り返し内容を読み返してみても、わたしの気持ちは棒杭にくくりつけられたみたいに、梃子でも動かなかった。わたしが無理やりに、自分の気持ちを動かしてみようと努める理由こそは、まさしく自分の気持ちを、動かぬようにしている理由でもあった。要するにわたしは、自分を屋根裏部屋へ押し込めようとしている窮乏のせいで、教師にならなければならなかったのに、そんな窮乏のためには決して、教師になどなりたくなかったのである。寒さに凍え死にしたほうがまだましで、伽倻琴〔日本の琴に似た韓国固有の弦楽器〕を叩き壊して、薪代わりに燃やすことができないことが、わたしにとっては悲劇的な執着であった。

わたしはなぜ、生計の手段になり得ることを敢えて拒み通し、それを伽倻琴でもってそっくりそのまま、代行させせようとするのだろうか。貧乏暮らしの恐怖が窓際まで迫って来つつあるというのに。

屋根裏部屋の窓はあまりにも小さくて、蛇みたいに体全体で這って出入りしなくては、決して向こう側に出て行けそうにはなかった。

その日はことのほか風がひどく吹きつけた。教師を採用するための、実技試験がある日だった。一年前まで師範学校の出身者は、学校を卒業すると同時に道内各地の小学校への辞令がでた。ところがわたしが卒業した年度から、採用資格のレベルアップを図るために、採用試験の合格者にのみ辞令をだすことに、方針が変更された。

師範学校を卒業する直前にこうした方針が伝えられたとき、わたしは大学入試のほうを選んで、採用試験は諦めることを心に決めた。わたしに郵送されてきた大学の入学願書を見ても、両親はどうしたわけかそれほど積極的には反対しなかった。けれども時間が経つにつれ、わたしは両親の意中を読み取ることができた。両親はわたしにどちらの試験も受けさせて、どっちだろうと合格したほうへ進路を決定させようという考えだった。

ところが、大学入試は採用試験よりふた月も前に実施されたというのに、およそ二十日余り経ってからわたしに合格通知書が舞い込んできた。その結果わたしは、それによって自分の進路に関しては、判定がついたものと思いなした。そんな時期にわが家には、頭の痛い事件が持ち上がった。民主党の婦女部長だった母の、熱意ある選挙運動が当局の憎しみを買い、市役所の職員だった父が辞職を勧告されてしまったのである。しょげ返っていた母は、わたしを呼び寄せると諭した。「大学へ進学するにしても、採用試験を受けておいて何が悪いっていうのよ」と。わたしは母の勧めをおとなしく受け容れた。

試験場は、市内にあるB小学校の三つの教室を借りて用意された。そこはわたしには、馴染みがなくはなかった。ヒョースニのネフリュードフ公爵に、手紙を届けに来たことがあったからだった。

受験生たちは試験場の外の廊下に集まって、順繰りに名前が読み上げられるのを待っていた。他郷からやってきた受験生、つまり春川師範学校の卒業生たちと、教職を離れていて、歳を取ってからふたたび教壇に立とうとしている、昔の卒業生たちもかなり混じっていたので、待機している場所には馴染みのある顔よりも、馴染みの薄い顔のほうがずっとたくさんあった。

春休みに入ってがらんとしている校庭には、砂ぼこりがひっきりなしに吹きつけてきて、教室の窓をがたごとと揺さぶる音が、受験生たちの心に不気味に食い入った。生きるための熾烈な闘志を、胸のうち奥深くに秘めたまま、受験生たちは肩をすり合わせながら、一足先に受験を済ませた者たちが洩らしてくれる情報などを交換したりした。

とりわけ歳を取っていて、しわの寄った顔に貧乏たらしさが刻み込まれている、中年の受験生たちはせっぱ詰まった表情で、年齢の若い後輩たちに混じって、何も言わずに耳を傾けたりしていた。壁一枚を間に挟んだ試験場では、遊戯の能力をテストするオルガンの音が、曲名を変えて規則的に聞こえてきた。

そのオルガンの音は、わたしが努めて顔を背けようとするある何かを、次第に鮮明に認識させてくれるようだった。わたしは大学へ、進学できないかもしれない。いや、いまのわが家の経済状態では、学費の用意がほとんど不可能だ。ゆえに童謡に合わせて、遊戯をしなくてはならない、オルガンのメロディーは、ここに集まった人たち全員が直面する現実でもあれば、わたしの現実でもあった。

そのとき誰かが、床板をとんとんと踏み鳴らした。全員の視線が音のしたほうへ注がれた。黒っぽいスカートに前開きの、古い草緑色のセーター姿の結構な年輩の中年女性が、壁越しに試験場から聞こえてくる微かなオルガンのメロディーに合わせて、ひょいひょいと飛んだり跳ねたりしていた。彼女の後輩であり、わたしのクラスメートでもある一人が、棒切れのように頑張っている彼女の腕を持ち上げてやりながら、即席で遊戯を教えていた。全員の視線が一斉に自分に注がれていることなどお構いなしに、その女性はもうちょっとましな遊戯の動作をしてみようと努力しては、ぽつりと溜め息でもつくようにつぶやくのだった。

「体が固くなってしまって、駄目ね」

全員が大声で笑いだした。

わたしは素早く顔を背けた。ただ眺めてばかりいるには何がなし、あまりにも痛々しい光景だった。顔を背けているわたしの網膜にはいまだに、折り返しが千切れて伸びている、彼女のスカートの裾が焼きついていた。

とうとうわたしの名前が呼ばれた。わたしとペアになる相手の名前も呼ばれた。「パク・クムスン」。それが草緑色のセーターを着ている、中年の彼女の名前だった。出入口のドアを開けて試験場へ足を踏み入れる直前、彼女はわたしにささやいた。

「わたしをちょっと助けて頂戴。夫は亡くなり、子供が三人なの」

試験場のガラス窓には、外から覗かれないように八つ切りの紙が貼られてあり、生徒たちの机と椅子のすべてを片側に片づけ、真ん中を開けてあった。教壇の上には三人の試験官が、机を前にして黒板を背にしたまま、並んで腰かけていた。それから校庭側の窓際には、試験官の指示によってオルガンで童謡などの伴奏をしてくれる人が、窓を背にして腰かけていた。八つ切りの紙を貼っていないガラス窓のてっぺんのほうに、烈しい風にいたぶられている樹木の枝々が、まるで波うつように揺れていた。試験場にはぞくぞくするような冷気が漂っていた。季節からすると、外気の温度よりも室内温度のほうが低い頃だった。

試験官に一礼して顔を上げた瞬間、わたしは愕然としてしまった。三人の試験官のうち右側の席に腰をかけていたのが、ヒョースニのネフリュードフ公爵だったからである。彼はわたしに気がついていないみたいだった。

真ん中の試験官の目配せによって、オルガン奏者がキーを押し始めた。わたしたちに与えられた童謡の曲名は「蝶」だった。前奏が続く間に、わたしの体はますます石のように固くなっていった。続いて本番が始まったときも、わたしは両手を揃えて握り合ったきり、身じろぎもしなかった。わたしは自分に、跪いてピエロのように腕を振り回すよう強要する、ある力に屈服してなるものかと必死になっていた。

蝶さん　蝶さん　こちらへ飛んでおいで。
アゲハチョウ　モンシロチョウ　舞いながらこちらへおいで。
春の白ユリの群れ　ぴょんぴょんぴょん　にこにこ笑う。
スズメもちゅんちゅんちゅん　踊りながらおいで。

深々と頭を下げていたけれど、わたしにはその場所のあらゆるものが、目に見えるもの以上にはっきりと感じられた。三人の子どもの母親であるわたしの先輩は、あまりにも熱心に試験官たちに遊戯をしてみせた。彼女の翼が度を越してひらひらと揺らぎ、それにともない教室の床がずしんずしん鳴り響いた。その響きはでくの坊のように突っ立っているわたしに、拷問よりひどい苦痛をともなって聞こえてきた。わたしが膝を屈するのを拒むのは、単に偽善と偽りに満ちあふれる試験官たちへの、反撥のせいばかりではなかった。わたしは貧しくて不遇な、わたしたち全員を跪かせようとしている、目に見えない力、それと闘っていた。試験官たちの表情には当惑の色がよぎっていった。オルガン奏者は失格の危機に立たされたわたしのために、もうひとしきり伴奏を繰り返した。わたしは依然として一本の指すら動かそうともせずに、体を強張らせて突っ立っていたし、パク・クムスン女史が、すでに演じてみせてくれた演技だけでも十分に、高得点をしたことは疑いを容れない、わたしの気の毒な先輩が、またしても伴奏に合わせて踊り始めた。ある瞬間、彼女の翼はあまりにも高くまで舞い上がるあまり、床の上にずしんと落ちてきて、足を捩らせて、尻餅をついてしまった。反射的に試験官たちとオルガン奏者の視線が、尻餅をついたときに拡げられた「蝶」の、太股の中へと注がれた。

わたしは理由もわからぬ憤怒に捕らわれ、脱げて飛んだ彼女の黒っぽいズック靴を拾い上げて、彼女の前へ投げつけた。彼女は、涙を溜めているわたしと目が合うと、きょとんとした顔つきをした。わたしはその年の採用試験から脱落した、ただ一人の卒業生になってしまった。


下宿生が入居してくる日だった。

妹とわたしは、必要な所持品をまとめて屋根裏部屋へ移っていき、そこにあった荷物を整頓して眠る場所を拡げた。教員免許状が入っているワイシャツのボール箱は、ほかの荷物に埋もれていっとう下へ潜りこんでしまっていた。自分の気持ちの動揺によって、自分の人生の前面へ躍り出るところだった教員免許状は、いまやもういっぺん、自分の選択の外へ押し退けられてしまった。わたしはそれがもたらしてくれそうなささやかな安定と、赴任した先の学校の父兄の家に用意されるかもしれない、窓越しにトンボが飛んでまわっているコスモスの花畑が見渡せる、静まり返ったわたしだけの部屋を見捨てたのである。そして、その結果、自分の背丈に合わせて立つことさえできない、このむさ苦しいちっぽけな密室を、人生がわたしに贈る嘲笑と揶揄のように与えられた。

あの日、実技試験のさなかにわたしのけなげな先輩に、尻餅をつかせてしまった得体の知れない力、それはいまこの瞬間にも人々を攻略して、彼らの尊厳を踏みにじりからかうことだろう。けれどもいまのわたしの状況、それは後ろ向きにひっくり返ったわたしの先輩の状況よりも、どこがましだというのだろうか。

屋根裏部屋の窓に積もっている埃を、雑巾で拭き取っていた妹が、独りごちるようにつぶやいた。

「お姉ちゃん、あたしたちの家って、ますます貧乏になってきたみたい」

わたしは返辞の代わりに、封をした一通の手紙を妹に手渡した。その中にはある会社の、電話交換手の試験に応募する願書と、履歴書が入っていた。

「学校へ行く途中で、ちょっとこれをポストへ入れて頂戴」

「試験のたびに落ちてるくせに、履歴書ばかりこんなふうに送ったりして、どうするつもりよ」

妹がぶつくさ言った。実際にわたしは、この間、教師ではないほかの職業だったら、どんな職種でもよかった。タイピストだろうと、経理社員だろうと、工場の女子工員だろうと、何でも構わないというせっぱ詰まった気持ちで、新聞の求人広告を見ては手当たり次第、履歴書を送りつけていた。そして半官半民のB社の場合は、熾烈な競争を制して筆記試験に合格したりした。ところが、面接で跳ねられてしまった。面接を担当した試験官はまるで、わたしが彼を騙したりしたかのように、露骨に不快感を表情にだして、「きみは教師にならなくてはならん人ではないのかね」と、面責した。わたしは自分の自己矛盾に、顔を赤らめた。

屋根裏部屋の壁一枚を隔てた向こうから、大声でしゃべりまくる声が聞こえてきたのは、暮れ方のことだった。ふとん包みと本、机などを積んだ手押し車が、表門の外へ来ているという話を聞いてわたしと妹は、明日の朝ご飯前には「下の階」へ降りていくことがないように、すべての用事を済ませて、素早く屋根裏部屋へ行方をくらました。それはわたしと妹が、梯子伝いにではなしに「二階」へ上がっていく、最後のチャンスでもあった。

母が引っ越し荷物を運んできた下宿生に、「屋根裏部屋には荷物をおかないように」と釘をさしてくれたけれど、妹とわたしは不安な気持ちで息を殺していた。そうこうするうちに日が暮れてきて、屋根裏部屋は真っ暗になってきた。戸の隙間から糸のようなか細い光が射し込んできて、横になっている妹のお腹の上に突き刺さった。

とうとう引っ越し荷物をあらかた片づけ終わると、下宿生と彼の友人、後輩たちは夕ご飯のお膳を囲んで、引っ越し祝いのパーティーを始めた。彼らは、自分たちの部屋の真上にある屋根裏部屋の中に、馬ほどの大きな図体の娘が一人と女子高生が一人、入り込んでいるとは知る由もなかった。

部屋の中で宴たけなわの頃、わたしたちも少しは緊張感を緩めて、時たま耳打ちをするようにささやき合った。

「ロウソクはあるけれどマッチがないもの、火なんかつけられないじゃない」

「もうちょっとの辛抱よ」

「明日、試験なの、どうしよう？」

「ちょっとくらいカンニングでもしたら」

けれども妹は、漆黒のように真っ暗な屋根裏部屋の、暗がりの中へ体をゆだねたまま、程なく軽いいびきをかきはじめた。

わたしは、敵に四方が露出している望楼に、たった一人で見張りに立っている気分だった。引っ越しパーティーが終わって、来客たちがてんでに引き揚げていった後で、下宿してきた学生たちの部屋からいびきをかく声が聞こえてくるまで、わたしは決して体を横にすることも、うたた寝をすることもないだろう。

新しくわが家へ下宿したのは復学した学生で、慶尚南道河東郡が故郷であり、実家には農業を営んでいる両親と、二人の妹が暮らしており、遠からず学内の学生たちの、各学部の自治会である学生会を束ねる、総学生会長選に出馬する予定とかで、政治への関心が高いらしかった。むろん、わたしはずっと彼らが焼酎のグラスを回し飲みしながら、あれやこれやと遣り取りする対話に聞き耳を立てている間に、自ずとそうした情報を知ることになったのだった。

韓日協定に関する話が、ひとしきり遣り取りされているときだった。夢うつつのうちに妹が壁を蹴飛ばしたので、どすんという音がしてわたしを困惑させた。けれども、さらに当惑させられたのはそれからだった。

「おい、屋根裏部屋から何か音がしたぞ」

学生たちの誰かが彼らの部屋でそう言いだした。と同時にまた別の声が、

「この中に何があるんだ?」

と言いながら、いきなり扉を開け放った。びっくりしたのはむしろ部屋の中にいた彼らだった。室内の明かりと、それよりもずっと眩しい何人もの視線が、一斉にわたしの横顔に注がれた。

「おい、さっさと閉めないか」

叱りつけたのは引っ越してきたばかりの、わが家の下宿生の声だった。

屋根裏部屋の扉は元通り閉められ、わたしはまたも暗闇の懐に抱かれた。わたしの胸は激しく動悸した。教員採用のための実技試験のとき、わたしのけなげな先輩が勢いよくひっくり返ったときも、さだめしこんな感じだったのだろう。わたしは、ゴールを許したゴールキーパーほどにも惨めだった。下宿生の部屋でもしばらく、粛然とした沈黙が流れた。

わたしたちの望楼——妹は鐘楼と名づけたいと言い張った——は、出入りするときがいささかみっともないだけで、いったん入ってしまうとこぢんまりしているうえ、それなりに居心地だって悪くはなかった。

ゴールを許した翌朝のことだった。わたしの気分は意外にも、きわめて平静で爽快だった。わたしの身に起きた変化にも拘わらず、加えて昨夜の、あの惨めったらしい記憶にも拘わらず、熟睡できたということが信じられなかった。だとしたらこの変化のいっとう深い底辺には、わたしがまだ感知していない、決して悪くはないあるものが、隠されているのではなかろうかとわたしは思った。

時間が経つにつれそれは次第に、自ずと姿を現した。下の望楼には、通風口であると同時に梯子を伝って上り下りする、ハンカチほどの大きさの窓があった。漆黒の暗がりの中ではほんのわずかな明かりでさえ、暗闇を照らしだす力になるように、その窓が希望もなしに漠然と何かを待ち受けている中で、日々を耐えているわたしにとってはまさしくそうだった。

その窓の方向にはわが家の、中庭と隣家の前庭、前の家の裏塀などが、不揃いに境界を接していたし、より遠くには波うつ甍の群れ越しに、自動車用の道路が拡がっていた。屋根裏部屋の階下にある台所で、練炭のガスと水蒸気とが、白っぽく立ちこめているせせこましい台所で、髪に白髪の混じった母が、顔を真っ赤にさせて汗を流しながら、下宿生たちのお昼ご飯の支度をしている間、わたしは床に四つん這いになって——窓が低かったので、四つん這いにならなければ、外を覗いて見ることができなかった——半ば泣きべそをかきながら、そのちっぽけな窓越しに、陽射しの明るい風景を、虚ろな気持ちで覗き見していた。そうしているとわたしは、低いところへ、低いところへ染み込んでいく水のように、自分が覗いて見ている風景——言うなれば松葉ボタンとかオシロイバナとか、鳳仙花とかダリアとかが咲いている、ちっぽけな花壇の片隅とか、井戸の中へ釣瓶を落として水を汲んでいる、近所の家のおばさんの腰の曲がった後ろ姿、朝顔の蔓に覆われている、前の家の裏塀の壁、練炭と下宿生の本の包みが、きちんときちんと積み上げられている納屋の片隅——の中へ、落ち込んでいった。

そうして、いっそのこと美しいまでに無心なこの世界の現存、誰もそこまで行き着くことはできない、神秘的な静寂にたどりついているようだった。わたしは、絶望しようにも絶望できなかった。その静寂が軽やかに、わたしを下支えしてくれていたのだから。

わたしのせっぱ詰まった境遇は、わたしをしてようやく内面に開かれている一つの窓を持たせてくれた。

十二歳も年上の、おまけに性格的には、まるきり正反対の夫をもったわたしの母は、自分が築き上げておいた家庭で、渇望するすべてを満たすことはできなかった。夫と子たちを職場と学校へ送りだしてしまうと、来てくれと言うところはなかったけれど、出かけていく先がたくさんあって、彼女は気が急いた。還暦祝いの支度をするお宅の、餅を蒸すためのこしき、近ごろでは蒸籠を据えつけることから始まって、婦人会のさまざまな仕事に至るまで、彼女の関心を引きつけないものはなかった。娘時代には近所の男子高校の運動会を見物しに出かけ、借り物競走をしている男の生徒が、女子高生の制服を借りようと血眼になっているのを見て、連れだって出かけたクラスメートたちに、彼女らのスカートで自分の姿を隠すよう頼んでから、自分の上衣を脱いで貸し与えたこともあった。六・二五事変〔一九五〇年六月二十五日に勃発して、五三年七月二十七日に停戦した韓国動乱、もしくは朝鮮戦争のこと〕直後には、釜山で開催された全国愛国婦人会に、江原道江陵地域婦人会長の代理として、会議に参加するために出かけていく途中で、乗せてもらっていた軍のトラックが転覆して、すんでのことで落命する危険を体験したこともあった。あの当時の記念写真の中には、拳大の白い絆創膏を、鼻っ柱と唇に貼りつけた母の顔が、婦人運動の分野の大物クラスの人士たちであるパク・スンチョン(朴順天)、キム・ファルラン（金活蘭）、ファン・シンドク（黄信徳）、イム・ヨンシン（任永信）らと並んで撮られていた。

その後、母は江陵地域の婦人会長と義姉妹の契りを結んで、婦人会の仕事のためばかりでなく、婦人会長個人の仕事のためにも、家を空けることが頻繁になった。大地主のたった一人の嫁として二十代の頃に夫と死別し、一人きりの息子は外国留学中だったので、長年にわたり無人の大邸宅の留守を預かることにほとほとうんざりしていた婦人会長は、夜遅くまでわたしの母を傍に引き留めておこうとした。

父の言いつけで、わたしは母を迎えに出かけて行った。左右の建物の屋根よりも門柱を高くした、そびえ立つような正門を通り抜け、中門を通り過ぎて、母屋の仰ぎ見るような板の間の前にたどりつき、怯えたような顔つきで佇んでいる幼いわたしに、上品なチマとチョゴリを着込み、髪を後ろに束ねてかんざしを挿した、端麗な姿の女性が立ち働いている使用人に命じて、干し柿とか油菓〔正確には油蜜菓という。お菓子の一種〕などを風呂敷にいっぱい、包んで上げるよう言いつけた。

「おまえのオムマ〔おっ母さん〕はじきに帰すから、先にお帰り」

と言われて、干し柿が食べられるうれしさから、怖いことも忘れて夜道をたどってわが家へ帰ってきた。ところが母は、わたしたちが寝につくまで帰っては来なかった。

真夜中にわたしは、父と母が言い争う声に目を覚ました。ぼんやりと点っている明かりのもとで、母がチマの下着だけをつけた姿で腰を下ろし、ポソン〔チマ・チョゴリに合わせて履く足袋〕を脱いでいるところだった。野心も出世欲もなしに現状維持に汲々とし、そこに安住するしかない平凡な夫と、一男二女の種々雑多な尻拭いばかりとが待ち受けている、義務の世界へふたたび引き戻されねばならない自分自身に、腹が立って我慢がならないというように、母はポソンを履いている足を肩の辺りまで高々ともたげて、乱暴な手つきで足からポソンを引き抜いた。ポソンがすっかり引き抜かれると、素足が床の上にどさっと落ちてきた。別の片方の足もそのようにすると、またしてもどさっと音を立てた。

婦人会長が無所属の候補として国会議員の選挙に出馬し、母は運動員の一人となって市内の路地という路地、片田舎の村々と田の畦を練り歩き始めてから、ポソンに向けられた母の八つ当たりは影を潜めた。たぶんこの頃から、母の身なりは洋装に変わったのではなかっただろうか。

下校する道すがらわたしは、群衆が集まっている公設運動場の、樹木などに取りつけてあるスピーカーを通して、わたしに干し柿と油菓を包むよう言いつけた、あの端麗な婦人会長のいささか嗄れたような声を、耳にすることができた。

「……先ほどある候補者は、めんどりがうたえば家滅ぶと言われましたが、イギリスではエリザベス女王というめんどりがうたわなかったら、決して今日の繁栄をもたらすことはできなかったでしょう。親愛なる郡民のみなさん、みなさんの愛する妻と娘たちを、めんどりに喩えることをためらわないとしたら、みなさんは自らおんどりと自称している、ということであります」

遊説場では、口さえ開けば爆発的な拍手の音を誘導していったにも拘わらず、婦人会長は落選の煮え湯を飲まされてしまった。そのうえ先祖代々受け継いできた田畑を、選挙資金として残らず注ぎ込んでも、借金地獄に閉じこめられた。その中には、わたしの家の千五百坪ないしは三千坪の水田も含まれていた。

落選のショックと借金取りの情け容赦のない取り立てに、耐えきれなくなって病の床についた婦人は、二年後に他界してしまった。けれども、母の政治活動はそれによって中断したわけではなかった。四年後の自由党〔韓国動乱のさなかの一九五一年十二月、臨時首都の釜山で結成されて以後、李承晩を総裁とし、政権党として不正選挙・憲法改悪などをして一党独裁を行ったが、一九六〇年の四・一九学生・市民革命によって解体〕時代末期には、母と大の仲好しの親友のご主人が民主党〔民主国民党の後身で、一九五五年九月十九日に申翼熙、張勉、趙炳玉らが中心となって組織した。強力な野党として李承晩の共和党と対立し、四・一九革命によって政権党となったが、一九六一年の五・一六軍事クーデターによって解体〕の推薦を受け、公認候補として立候補した。選挙の運動員として母が見せた献身的かつ熱誠にあふれる活動ぶりは地方区全体に知れ渡り、民主党では母に婦女部長の役職まで押しつけた。

申翼熙〔一八九四〜一九五六。独立運動家・政治家。一九一一年早稲田大学政治学部を卒業後、一九一七年、今日の高麗大学の前身、普成専門学校教授、一九一九年の三・一独立運動後は上海へ亡命して、大韓民国臨時政府の外務・文教部長などを歴任。民族解放後は帰国して憲法制定国会の議長などを経て、一九五六年、民主党から推薦され大統領候補として出馬したが、遊説中に心臓麻痺で急死〕先生と趙炳玉〔一八九四〜一九六〇。政治家。コロンビア大学卒。一九二九年十一月三日に発生した光州学生事件と興士団事件に関与、抗日闘争に参加したため、幾たびか投獄された。一九四五年の民族解放後はアメリカ軍政下の警務部長、一九五三年には内務部長、一九五六年に民主党代表・最高委員、一九六〇年に民主党の大統領候補となったが、病を得て渡米し、入院加療中に病死〕博士が死亡したとき、声を上げ激しく嘆き悲しみ涙を流した、あの原色的で素朴な正義感に勇気づけられ、野党を支持する母は、地方の官公庁の職員から陰に陽に加えられるいじめや嫌がらせを、愉しい苦痛として甘んじて受け容れながら、選挙運動に熱を上げた。

そうした頃に、職場から帰宅した父は母に弁当箱の包みを手渡しながら、「あんたが家庭に腰を落ち着かせなんだから、わしらの家族が、おまんまの食い上げになる事態が持ち上がっただぞ」と言って切りだした。その日父は、某所に呼びだされていって、妻が行っている反政府運動を、即刻中止させるという覚え書きを差し出して、帰宅を許されたというのである。すると母は、父を腑抜けといって責め立て、父は母に、わしら家族の暮らしに責任をもつ覚悟はあるのかと言い返した。数日後、母は、所属していた政党を脱退し、与えられた職を辞するという内容の声明書を、人通りの激しい江原道庁の塀に張りだした。道行く人たちは誰一人として、そんな声明書など気にも留めなかった。

母はそれからというもの、門外へは出ていかない姿勢を取り続けた。「いまとなってはみっともなくて、どの面さげて人様と顔を合わせることができるんだい」と言っては、何かという と溜め息をついて見せた。そんな母と背中合わせに座り込んだ父はタバコをくゆらせながら、時たまこんなふうに言って慰めた。

「そいつはあんたの勘違いだわな。この狭い江陵界隈から一歩でも脱け出してみろや。あれがチャン誰それ女史だと、顔を覚えとる人間がどれくれえおるだよ」

けれども母は、父の言葉がこれっぽっちも耳に届かないかのように、発作的に両手の中に顔を埋めては、身震いする仕草を繰り返した。母にそれほど恥ずかしい思いをさせているほんとの理由が、自分の中にあるかのように。

母が支持した民主党の候補者は、国会議員選挙で無惨にも敗れ去った。国内の各地で日増しに、不正選挙を糾弾する叫びが高まっていった。片方の目に催涙弾の破片が突き刺さった、キム・ジュヨル〔金朱烈。一九六〇年三月十五日に実施された第五代大統領選挙で李承晩が当選したが、選挙に不正があったことを理由に民主党が選挙の無効を宣言、全国各地で不正選挙を糾弾するデモが行われた。慶尚南道馬山市のデモではデモ隊に催涙弾が打ち込まれ、デモに参加して虐殺され、海へ投げ込まれた金朱烈少年の死体が発見された。この事件が引き金となって四月十九日に、ソウルを中心に学生と市民による四・一九革命が起こり、李承晩を退陣させた〕の死体が海面に浮かび上がったりした。その頃、父は依願免職になった。

母はほとんど、外出をしなかった。夢さえ見ると、履き物を失くしてしまうんだとも言った。手鏡を敷居にあてがっておいて、母は近ごろめっきり増え始めた若白髪を、仕事代わりに抜き取りだした。ひと晩眠って目を覚ますとまたふたたび始まる、白っぽく生えている白髪との静かな闘いは、すこぶる熾烈をきわめた。毛抜きだけでは間に合わぬくらい若白髪が猛威を振るうと、母は父が使い棄てたカーボンペーパーを四つ折りにして、こめかみにこすりつけた。毒性のせいで肌が赤く腫れ上がり、髪が抜け落ちてきても母は意に介さなかった。

白髪は日増しに増えていったけれど、それでも母は、白髪を消し去る声なき抗弁を続けた。母は彼女の人生に、何を見いだしたのだろうか。それとも白髪それ自体が、さすらいと挫折の痕跡だったのだろうか。

「会ってみたのかい？」

母から急き立てられても、兄は返辞を後回しにして、日照りで水嵩が減っている井戸の中へ、深々と釣瓶を投げ込んだ。腰をかがめてから伸ばす兄の顔は、世間の荒波の冷ややかな息吹にさらされてやつれ、くたびれているように見受けられた。本のページの間に挟んでおいたので平べったくなっている、紫色のスミレやピンクのコスモスなどの絵で飾り立てられた、ラブレターの束の中に兄を埋もれさせた青春の輝きも、失職による疲労感が運んできた沈鬱な思いのせいで、色褪せていくところだった。最後までノックを繰り返した、就職の扉までが兄を拒むと、兄は人生というものに抱いていた幻想から目覚め、日ごとに苦々しい現実と向き合わなくてはならなかった。いつ頃からか兄は、顔を洗ってもアフターシェーブローションをつけることを止めたうえ、マフラーを巻くときに片方の端を肩越しに背中のほうへ、さっと流すこともしなくなった。下宿のおかずが口に合わないからと、チーズ代を別途に送ってくれとわめき立てていた兄が、いまでは下宿生の残り物のおかずに、黙々と箸をつけるようになった。その間にどんなことが、兄の身に起きたというのだろうか。

釣瓶を使って汲み上げた水で顔を洗い終えてから、兄は沈鬱な面もちで答えた。

「会えなかったんだ」

「朝早くから出かけていっていままで？　だったら何をして回ってたんだい？」

「道路に立って、待ってたんじゃないか」

アメリカで博士の学位を取得して帰国した、例の婦人会長の息子が、政府の官公庁の長に抜擢された記事を見て、母は、故郷へ錦を飾ったわが子の姿を、目のあたりにすることもなく他界した、婦人会長が気の毒だと残念がった。そして付け加えた。

「会長さんが健在でいなさったら、こんなときわたしたちのために、大きな力になって下さっただろうに」

兄は、婦人会長の息子に会うために、朝のうちから家を後にした。あらゆるものが彼とは関わりのない、とある見知らぬ住宅街の路地で、日暮れどきまで佇んでいる間、兄は何を考えていたのだろうか。大いなる悲しみと失意を抱きかかえている兄にとって、見知らぬ住宅街の路地、とある住宅の塀越しに聞こえる犬の吠える声、そよ風にそよぐ庭園の木々の間から洩れてきた野鳥のさえずり、唸りをあげて飛んで回る蜂どもを呼び寄せる、塀の中の花壇の花々が発散させる花の香り、明るい陽射し、昼中のけだるい静けさ、遠方から聞こえる幼児たちの単調なうた声、あの世界のきらびやかなだけの無関心は、どれくらい骨身に染みる断絶感を呼び起こしたことだろう。

兄は、「キム・チャンスン」という表札が出ている屋敷から出てくる人があるたびに歩み寄って、「キム会長さんはいつ頃お帰りでしょうか?」と訊ねてみたという。兄に、親切に答えてくれる人は誰もいなかったとのことだった。とぼとぼと路地を抜けて電車に乗るために歩いていて、足もとを見下ろしたら、「それがどうだ、ぼくの靴がまるで乞食みたいに、あんぐりと口を開けているじゃないか」と言って、兄はけらけら笑いだした。人生は兄にとっても、ますます侮りがたいものとなって行くところだった。

「留守だったらさっさと帰ってきたらいいじゃないか、何だって無駄骨なんか折ったりするんだい！」

心が痛むあまり母は、思わずかっとなって憎まれ口をたたいた。三代独子、三代にわたって息子が一人きりというわが家だったので、人並み以上に大事に育ててきて、人並み以上に期待をかけてきたわが息子が、職にありつくこともできなくて、社会の底辺へどんどん転げ落ちていくこと自体が、母にとっては耐え難い辛さであったろう。

たそがれは井戸端にいる母と息子を呑み込んでからも、しばらくは黄色い点を一つ残していた。それは石垣の蔭のちっぽけな花壇に咲いている、月見草の花だった。

キム会長の勤務先へ訪ねていって、母のことを話した末に兄は、破損した水道の計量器を修理する、市と関連のある事業所に、技能職の社員として就職することになった――とはいえ、家族の者たちがそのことを知ったのは、ずっと後のことだった。

兄は母が包んでくれたお弁当を、ＰＸの試験を受けに通っていたころ使用していた、黄色い封筒の中へ入れて、その封筒を二つに折りたたんだ。あの当時、職場を持っている男性たちは、自分を失業者と区別するしるしとして、紙の封筒にお弁当を入れて出勤することによって、それとなく優越感を満足させていた。

石段の上に揃えておかれている、新しい靴を履いて紺色のスーツを着込み、赤系統のネクタイをきちんと締めた身なりで、玄関を出ていく兄の背中に向かって、下宿生たちがお祝いの言葉を投げかけた。自分が笑うと下宿生たちから軽く見られるのではと思った兄は、ことさらに口をしっかりとつぐんで、何も言わずに表門を出ていった。

三十路を越えて初出勤した職場から帰宅した兄の表情は、さほど明るくはなかった。こざっぱりしていた兄のスーツと純白のワイシャツには、得体の知れない汚物が跳ねて汚れていた。

「どうかね、やっていけそうかい？」「担当した仕事はどんなことだい？」「上役の方はおまえに、親切にしてくれたかい？」「職員は全員で、何人くらいになるんだい？」などなど、母の気がかりは際限がなかった。兄が何も答えず、ご飯ばかりをむしゃむしゃと食べている様子を見て、母は不意によからぬ予感に襲われて、「どんなことがあっても、じっと辛抱して通わなくてはいけないよ」と、いかにも厳しく釘をさした。

母が兄のスーツに跳ねた汚物を、懸命に拭き取っているさまを仏頂面をして見守っていた兄が、口を開いた。

「そんなことしなくたっていいんだよ。明日はジャンパーを着て出勤するから」

ひと月ほどして兄が職場から受け取ってきた俸給は、それこそ雀の涙ほどだったので、就職させてくれたキム会長にお礼の挨拶に行くとき、ケーキをひと箱買って、ひと月分の電車の回数券の代金と、ふた月分も溜まっていた妹の月謝を支払ったら、余分のおカネは残らなかった。

二度目の俸給をもらってくる頃の兄からは、きつい肉体労働をする労働者のような雰囲気が感じられた。職場でどんな仕事をしているのか、兄自身の口からはいっぺんだって打ち明けられたことはなかったけれど、時間が経つにつれて、兄が漂わせる雰囲気が自ずとわたしたちにそれを感じさせた。

ある日のこと半日と経っていないのに、悲鳴ともつかぬ兄の叫び声が、表門の外から聞こえてきた。

「母さん！」

「お兄ちゃんじゃないのかい！」

という母の返辞もすでに、悲鳴に近かった。台所で下宿生たちのお昼ご飯の支度をしていた、母とわたしは不吉な予感を振り払いながら、表門のほうへ駆けていった。

表門の脇についている留め金を外して、戸を開けた途端に、鮮血がしたたり落ちる手を差し出してから、兄がぬっと顔を突きだした。開かれた潜り戸の外の路上に、点々と落ちている血の滴が、兄が歩いてきた足跡を物語るかのように、彼方まで続いていた。

「一体全体、何があったというんだい？　ちょっと、話しておくれでないかい」

「指を切り落とされたんだ」

「机に向かってペンで書類をこしらえているはずの人が、何がどうなって指を切り落とされたというんだい」

ステンレス製のボウルに味噌をすくい取って、脇部屋へ持っていったとき、母と兄が遣り取りした言葉だった。味噌でもって応急処置を施したのち、母は兄を病院へ連れていった。母は半ば腑抜けも同然のありさまで、履き物の片方が脱げてしまっていることにも気づかずに、跳び回っていた。履き物の片方を脱ぎ捨てた足の靴下は、底が真っ黒になってしまったのはいうまでもなく、踵には穴が開いていた。

病院から帰ってきて、麻酔のおかげで寝入っている兄の枕もとで、母は憤慨した口調で婦人会長の息子への恨み言を口にした。

「世の中に、こんなことがあっていいのかい。わが子がどんなにかけがえのない息子か、わかりもしないで。やっと就職させてくれたのが、揚水機の修理工場だったなんて」

世知辛いソウルでの暮らしに鍛えられ、滅多に涙を見せたことがなかった母が、包帯を幾重にも巻きつけた手を胸板の上に載せて、眠り込んでいるわが子を眺めてはまた眺めしながら、泣き止むことができなかった。

三本の指を失くした兄に与えられたのは、半月間の有給休暇だけだった。

その頃、わが家がチョンセ〔不動産の持ち主に一定の金額を預けて一定期間その不動産を借用するシステムのこと。月々の賃貸料を支払う必要がなく、不動産を返却すれば預けた金の全額が返ってくる」で貸しだしている玄関脇の部屋を、金縁眼鏡をかけた四十代半ばの男が小柄で可愛らしい女と連れだって、間借りしたいとやってきた。チョンセの金額を吊り上げたので、質屋を営んでいるというこれまでの間借り人が、引っ越したいと言いだして部屋が空くことになったのだった。

「大通りから近いし、部屋も大きいし、これくらいなら結構だろうよ。契約しようか?」

借しむらくは顎の傷跡さえなければ、かなりの美男であることは紛れもないその男は、サムライみたいな濃い眉を吊り上げて妻に同意を求めた。

「あなたのお好きなようになさいな」

色白の整った顔だちに似合わない、いささか嗄れたような声で、妻が答えた。チョンセの金額を少なからず吊り上げたので、借り手がないかとやきもきしていた母は、顔のしわを伸ばして彼らを縁側へ迎え入れた。

「引っ越してこられるのは、何人かしら?」

「わたしたち二人と……」

言い淀みながら女は、純白の縫い取りのあるチョゴリの袖の中から、ガーゼハンカチを取りだして、鼻筋を二、三度軽く押さえつけた。

「これは、わたしの名刺です。パク・サンム(朴常務)です」

片方の肘をもう一方の手のひらで支えるようにして、名刺をうやうやしく手渡す仕草とは裏腹に、その男の顔つきは精一杯、尊大ぶっていた。

名刺をまじまじと覗き込んでから、母はにわかに声を澄まして、兄を指さした。

「わたしの息子ですの。三代にわたる独りっ子のうえ、頼りにできる血のつながり一人ない身の上ですの。これで、一つ屋根の下の家族も同然となりましたもの、これからは実の弟とおぼしめして、よろしくご指導をお願いしますわ」

「むろんですとも。実を言うとわたしも、血縁の少ない家に生まれた子孫でして。力の及ぶかぎりお互いに助け合って、仲良くやっていきましょうや。ふっふっふ」

まだ手から包帯を解くこともできなくて、薬指と小指の間にペンを挟んで、契約書にサインをしていた兄は、自称パク常務が差し伸べる手をつかんで握手をするため、及び腰に体を起こした。

「手に、ひどい怪我をなさったようですな。何をしていて、こんなことになりましたんです？」

「職場で機械を扱っていて、操作を誤ってこんなことになりました」

「おやおや、それはいけませんな。とても危険すぎて、引き続き職場へ通うことなどできますまい？　よそへ移るとかしなくちゃ。わたしがいっぺん、当たってみましょう」

そう言ってからパク常務はスーツの前を拡げて、黄色い金糸で名前が縫いつけられている、内懐のポケットから財布をとりだして、手の切れそうな新札で契約金を支払った。

彼ら夫婦が帰っていった後で、母はパク常務が残していった言葉が忘れられないらしく、「あの人が、ひょっとしたらあんたにとっちゃ、恩人になるかもしれないねえ」とつぶやいて、それとなく期待を示した。

彼らが引っ越してきた日はまるで、お祭りでも始まるような騒ぎだった。お粗末でみすぼらしい家財道具に比べて、引っ越し荷物を運んできた人数は十人を越えた。パク常務の妻をヌナ〔男から姉への呼称〕と呼ぶ若者たちがいるかと思えば、オンニ〔女から姉への呼称〕と呼ぶ女子高生もいたし、オムマと呼ぶ十歳足らずの女の子と、小学校一年生くらいの男の子もいた。それから、彼ら全員がお母さんまたはお婆ちゃんと呼んでいる、髪を後ろに束ねてかんざしを挿すように編んだ、咸鏡道〔日本海側の北朝鮮〕訛りの言葉を使う老婆もいた。

彼らは質屋の主人が打ち込んでおいた釘を抜き取って、母屋の縁側に通じる扉を開け放って内庭へ入ってきて、バケツであれパガジ〔最近はプラスティック製が主になっているが、もとはフクベを二つに割って中身をえぐり取り、乾燥させた容器のこと〕であれ、必要なものをまるで自分たちが持ってきたもののように、持ちだしていった。その一方でお米と肉汁やナムル〔野菜と山菜、野草などを生のままか茹でて、ゴマ油や炒りゴマで和えたもの〕の食材を、井戸端に雑然と並べておいて騒ぎ立てた。

半日と経たぬうちに引っ越し荷物をすっかり片づけた彼らは、部屋の中に所狭しと座り込んで、賑やかにお酒とお昼ご飯の食卓に向き合った。そうする間にも新しい訪問客と、見ず知らずの子どもたちがひっきりなしに、母屋の縁側までの間を出たり入ったりした。端から開け放ってあったドアが、真ん中の部屋の引き戸と重なり合って、大学から帰ってきた下宿生たちがドアを開けて自分たちの部屋の中へ入っていこうとすると、吸い取り紙のようにへばりついて、ちっとも離れてくれなかった。

大学から帰ってきて、顔を洗いに井戸端へ出てきた下宿生がみな、台所にいる母に聞こえよがしに、「まったく、うるせえったらありゃしない」と不平をこぼした。

暮れ方にパク常務が帰宅すると、家の中は彼の脂ぎった高笑いのせいで、よりいっそう騒がしくなった。明るい電灯のもとで、肩紐つきのランニングシャツ姿になったパク常務は、酒のせいで胸元まで赤く染め、眼鏡のレンズをきらきら光らせながら、甲高く浮ついた声で座中の人たちを上げたり下げたりしていた。内庭では彼の妻の母親が、真っ赤になった炭火コンロの前で、じゅうじゅうと焼けている豚肉をひっくり返しながら、部屋の中にいる人たちの話に耳を傾け、途中から大声で口出ししたりしていた。

新しく引っ越してきた彼ら一家の、粗野にして人前をはばからぬ勝手気ままな騒乱ぶりに、わたしたちは呆気にとられたばかりでなく、萎縮させられてしまった。家主である兄は借りてきた猫みたいに、勝手口の戸を閉め切って腕組みをしたまま、仏頂面をしてかまどに腰をかけていた。わたしたちは自分の母屋を他人に明け渡し、さらにまた明け渡して屋根裏部屋へ押しこめられている格好だった。どうしてこんなことになってしまったのだろうか。なぜ、こんなことが繰り広げられたのだろうか。

賑やかに愉しく盛り上がっていく酒の席に、歌声が流れてきた。炎天下でぐんにゃりと伸びていく飴ん棒みたいに、誰かが長々と声を伸ばすと、同席している人たちは箸でもって食卓の縁をたたきながら、手拍子ならぬ箸拍子を取った。「……門前に拡がるよく肥えた田んぼが、雑草に埋もれているよ」という歌の最後のひと節は、どっという笑い声と拍手の音にかき消されてしまった。まだ笑い声が鎮まりもしないうちから、二人目の歌声が流れてきた。パク常務の妻の声だった。彼女の歌声は、騒々しい酒宴の席なのに、その愉しさにまるきり溶け込んでいかないみたいに、しんみりとして低く、静かであった。

過ぎ去ったその昔の青々とした芝に
夢を見ていたあの頃はいつのことやら
夕暮れ空に陽は沈み　日は暮れるのに
旅人の行く先は、まだ遥か彼方なれば

またしても賑やかな拍手の音や笑い声などが、単調でありながらもどことなく哀調を帯びている、その歌の終わりの部分を呑み込んでしまった。

「息苦しいな、戸をちょっと開けておくれ」

食後の後片づけをしていた母が故意に、兄の気持ちに察しがつかぬふりをして、けんつくを食わせた。

「これもすべて、母さんのせいだからね」

兄はつっけんどんに、思いもよらぬことのなりゆきの責めを、母に負わせようとした。

「何が母さんのせいなんだよ？」

「母さんが初対面の人に、よろしくお願いしますなんて頭を下げたりするものだから、あの人たちがぼくたちを馬鹿にして、好き勝手に振る舞っているんじゃないか」

「それもこれも、あんたのためになると思ったからじゃないか。誰が初対面の相手に、頭なんか下げたくて下げるものかね？」

「ぼくがどうしたって言うんだよ？　雀の涙ほどの給料だけど、給料をくれる勤め先が、目の前にないわけではないじゃないか」

「それがどうだって言うんだい？　母さんがあんたを育てるとき、指を三本も切り落とされるような勤め先へ行って、食べさせてもらおうと、大事にしてきたわけではないんだよ」

「それはそうだろうけど……」

自己憐憫の余り声を張り上げて怒鳴りつけた兄は、口をつぐんだ。パク常務の妻が、ノックもせずに台所の戸を開けて現れたからだった。

「うちの主人が、お会いしたいと言ってますけど」

「行ってごらんよ」

母が兄の背中を押した。

それから、声を落としてつけ加えた。

「おカネを渡されたら、しっかり数えるんだよ」

一時間余り経っただろうか。兄は顔を真っ赤にして、にこにこしながら戻ってきた。兄はお酒をたったの一杯飲んだだけで、顔を真っ赤にした。

「パク常務が、韓米銀行にぼくの職場を頼んでいるんだって。常務の親友があそこで、支店長代理をしているとか」

「そうかい？　だから言ったじゃないか。あの人がきっと、あんたの恩人になるかもしれないって。それはそうと、チョンセの残金は受け取ったのかい？」

「何日かしたら払うって。会社に急な事情ができて、何日か貸してあるんだけど、二、三日したら返ってくることになっているからって」

「そう言ったって、引っ越して来るのに、一文無しなんていう人たちがどこにいるんだい？前もって、引っ越してくる前に残金から受け取っておくべきだったのに」

「母さんたら、これからは朝晩となく、顔をつき合わせる人たちなのに、残金をくれないと思うのかい？」

「母さんはおまえのことを思って我慢するけど、チョンセの全額を耳を揃えて払ってもらわないうちから、引っ越し荷物を運び込ませたっていうのは、間違いなくこっちの手抜かりだったよ」

翌朝わたしたちは、アウアフフという、悲鳴ともうめき声ともつかぬけったいな女の人のよがり声に、聞き耳をぴんと立てずにはいられなかった。

顔を洗うために井戸端へ出てきていた下宿生たちは、一斉に母屋の縁側のほうへ駆けていった。

「何だ？　どうしたというんだ？」

しばらくして彼らは、くすくす笑いながら内庭へ引き返して来た。

「こいつ、おまえはまだ、おちんちんで女の子の歓ばせることも、知らないのか？」

母屋の居間に下宿している政治・外交学科と英文科の学生が、お互いに肩をたたきながら、またしてもひとしきり笑い転げた。実際に、開いたきりの母屋の縁側の扉を通して、彼らが目撃してきた光景というのは、猥褻というよりもどことなく痛ましく、さらにいえば物悲しく見えた。部屋が狭いくらい詰めかけていた昨日の人たちは、何処へともなく残らず帰ってしまい、真っ暗な部屋の中で敷きふとんの上に座り込み、眼鏡を外したせいでヒキガエルのように目の玉が飛びだしているパク常務と彼の妻が、必ずしも情事に励んでいるわけでもない、そんな及び腰の姿勢で体をつけ合って、男が体をさするたびに女のほうが、何ともけったいなよがり声を上げていた。けれども、アウアフフという甘ったるい、苦痛が全身に食い込んでくるようなそのよがり声からは、なぜか焼けつくような熱いものが感じられなかった。それはまるで、真似事に過ぎないようだった。

そのよがり声は毎朝、ほとんど同じ時刻に繰り返された。そしてそれは、一つ屋根の下で暮らしているわたしたち全員の耳をとらえて、手ではカミソリを使っていたり、カバンに教科書とノートを入れていたり、亜鈴を上げ下げしていたり、釜からご飯をよそっていたりしていても、わたしたちの思いをそれではない別のあるもの、底知れぬあの世の生という謎への、怖れと悲しみに取りつかれるようにした。

それがあって二十分くらい過ぎると、パク常務の妻がしれっとした顔つきで、米を洗うために井戸端へ姿を現した。彼女と鉢合わせをした母は居たたまれなくて、顔を合わせまいとしていたけれど、彼女のほうは母に、にこやかに人当たりのいい口調で言葉を掛けてきた。

「おばさん、お弁当のおかずは、何がいいかしら？　毎朝、面倒で困ってしまいますわ」

「お宅のご主人の好き嫌いが、わかりませんから」

母は依然として、彼女と顔を合わせまいと気を使いながら、つっけんどんな口調で答えた。チョンセの支払いを一日また一日と日延べしてきて、ふた月も滞っていることへの母の不満は、パク常務の妻が憎たらしくなるとよそよそしく振る舞わせ、兄のことで期待できそうなときは、大らかに雅量を示すことで取り繕われたりしていた。

「うちの主人のおかずではありませんの。あたしのお弁当のおかずなの。あたしの」

「そういえば、どちらへお勤めでしたっけ？」

「電話局ですわ。交換手ですの」

「ご夫婦で共働きをなさっていて、なぜ間借りなんぞしていますの？」

「むしり取られるところが多すぎて、ちょっとやそっとではおカネが溜まりませんの。子どもたちの生活費も必要だし……」

「部屋が狭いわけでもないのに、子どもたちをなぜ、実家へなんぞ預けているのかしら？」

棘のある一言を投げかけておいて、母はくるりと背を向けると井戸端を立ち去った。その場に取り残されたパク常務の妻は、母が投げかけた言葉を、じっくりと噛みしめているのだろうか。うなだれたまままいっとき、じっとその場にしゃがみ込んでいた彼女は、われに返ったようにふたたび、米を研ぎ始めた。ごしごしと米を研ぐ規則的なリズムに合わせて、彼女は低い声でつぶやくように歌をうたいだした。自分が歌をうたっていることに、まったく気がついていないかのように、ある思いに没頭したまま。

薔薇のようなおまえの心に　棘が生え
かくも幼い魂が　萎れていく
愉しかったあの歌も　悲痛な涙も
あの海の　波間に洗い流してしまい

昔の青々とした芝生が　改めて懐かしい
たそがれの道とはいえ、帰っていこう

その日の晩に、兄は夕ご飯の食卓を前にして、韓米銀行に関する詳しい情報をぶちまけた。

「あの銀行では月給のほかにも、三ヵ月にいっぺんずつボーナスが出るし、昼食代として食券をくれるんだって。英語さえ上手なら、海外勤務だってできるらしいよ。それから、女性行員が五人いるんだけど、全員が大学を出ているうえに、どのひともすらりとした美人ばかりだって」

照れくさそうにしながらも、昂揚した気分を隠しきれなくて、兄は少年のように顔を赤らめていた。

「どうやってそんなことまで、調べ上げたんだい？」

「用事があって訪ねてきたふりをして、守衛からあれこれと聞きだしたのさ」

「あんたがそういうところへ勤めることができたら、どんなにうれしいか。今夜、パク常務が帰ってきたら、すぐにでもちょっとせっついてみるとしようかね。何なら賄賂を使ってでも、入社させて欲しいってせがんでみなくちゃ」

母が接待のことを口にするとたちまち、パク常務は待ってましたとばかりに、ちょうど数日後に、支店長代理と夕食を一緒にする約束があるのだが、その機会に談判してめどをつけたいと考えているがと、それとなく交際費が必要だということを仄めかした。母は婦人会の幹部だった頃に、第一線勤務の将兵たちを慰問しに行って、養子縁組をした若者が除隊後に漫画家になって成功し、おカネ持ちになっているという噂を聞いていたので、彼を訪ねていって二十万ファン〔現在の韓国ではウォンが貨幣単位であるが、一九五三年二月十三日から一九六二年六月十日まではファンが貨幣単位であった。したがって、この小説に描かれている物語は一九六二年より以前のことである〕を借りてきた。借りてきたおカネはそっくり封筒に入れたまま、パク常務の妻の手を経てパク常務のスーツの内ポケットへ入っていった。

その頃の韓米銀行はわが家の家族全員にとって、苦難に満ちた航海の果てに辛うじて発見した、遠い港の明かりのように思われた。

兄は、妹が新しい運動靴を買って欲しいとか、肌着が古くなったなどと駄々をこねようものなら、「もうちょっとの辛抱だ。ぼくの韓米銀行への就職が決まりさえしたら」と、ためらわずに大風呂敷を拡げた。

おまけにわたしにも、兄の再就職の実現に、それとなく期待する気持ちがないではなかった。兄がもうちょっと月給が取れる職場へ移って、家長としての責務をまともに引き受けてくれるなら、わたしだって生計の責任を負わねばならない重圧から身を退いて、家を出て修道院へ入るとか、さもなければ中途半端になっている勉強をふたたび続けるとか、将来への進路がずいぶんはっきりしてくることは確かだった。

ところで、交際費を受け取っていったきりパク常務は、十日が過ぎるまでうんともすんとも言って来なかった。パク常務の口もとばかりを眺めていた母はとうとうしびれを切らして、夜間の通行禁止時間〔軍事政権下では一九八二年一月五日に全面的に解除されるまで、局地的または全面的に夜間の通行が禁止された〕近くまで眠らず待ち受けていた末に、パク常務が千鳥足で帰宅してきた物音を聞きつけると、すかさず後を追っていってドアをたたいた。ひとしきり賑やかな笑い声が往き来したけれど、わたしたちの脇部屋へ戻ってきた母の表情は、さして明るくはなかった。

「じきに、いい知らせがあるはずだと言ってたけれど……」

自信なげに言葉尻を濁してしまった母の顔つきには、その言葉を真に受けている気配はなかった。

そんなある日のこと、やぼったい慶尚道訛りの言葉を使って、母娘とおぼしい二人の女が、パク常務に会いたいと表門をたたいた。でっぷりとした体つきに、色白の顔が丸くて平べったい母親らしいほうは、長くはない髪を巻き上げて頭の後ろにピンで留め、紫系統のチマ・チョゴリを着込み、小脇には黒皮のハンドバッグを抱えていた。長く垂らして断髪した、顔立ちは母親と瓜二つに見える、娘と思われるほうは膝上一寸の短いミニスカートを穿いていた。二人ともそれなりに、せいぜいめかし込もうと努めているけれど、どことなくやぼったくて、粗野な雰囲気を隠し切れなかった。

「釜山からあの子のおっ母さんが上京してきたと、伝えて下せえまし」

パク常務の母親の口調ときたら、まるで何かを待ち受けているといった口ぶりだった。

その頃からは夜勤をして、正午をちょっと回ってから退社していた、パク常務の妻にその来客のことを知らせたら、たちまち顔色が真っ青になっていったと、母は小首を傾げた。いつもなら退社して帰宅するが早いか倒れるようにして眠り込み、薄暮がかかる頃になって起き上がるパク常務の妻が、その日にかぎって、いっときだってじっと座っていることができなくて、そわそわと出たり入ったりした。市場で野菜売りをしている実家の母親が、巾着を腰からぶら下げたまま駆けつけたし、軍の任務についている彼女の上の弟も、どこからともなく駆けつけてきた。そうした中でも、子どもたちばかりは影も形も見せなかった。パク常務の部屋では決戦のときに備えるかのように、注意深く耳打ちする姿が見られ、悲壮な緊張感が漂った。ところが緊張感が高まっていくばかりで、夜が更けてからもパク常務はいっこうに帰宅せず、おまけに彼を訪ねてきた母娘も姿を見せようとはしなかった。

真夜中の三時頃だった。オンドルの練炭を取り替えるために、わたしは「下の階」へ降りていった。

納屋の片隅の練炭置き場に明々と電灯が点っていたうえ、中から流れだした明かりが土台石の陰でひっそりと眠っている鳳仙花の花壇を、揺り起こしかねないくらい強烈に照らしていた。

「オムマったら、わたしが取り替えるのに、どうして起きてきたのよ」と言いながら、練炭置き場へ入って行こうとしていたわたしは、練炭ハサミで練炭を挟むと振り向いて、出てくるパク常務の妻と鉢合わせをした。一つ屋根の下で暮らしながらも、彼女とわたしは軽く擦れ違うばかりといったくらいで、一度として正面から出くわしたことはなかった。わたしが狼狽したのは、彼女を母と取り違えたためばかりではなかった。

泣くだけ泣いてまぶたが腫れ上がっている彼女は、わたしを見て笑おうと微笑を浮かべたけれど、わたしには笑っているのではなくて、泣きっ面のように見えた。そして次の瞬間、がくっとくる奇妙なめまいが彼女の体のバランスを崩したかと思ったら、練炭ハサミから練炭が抜け落ちて、わたしたちの足もとでぱっくりと割れて砕けてしまった。目にはいっぱい涙を溜めていたけれど、彼女は明るく笑いながら、「あたし、すっかり酔ってしまったの。もの凄く酔ってしまったのよ」と言った。彼女を見つめている間、わたしは言い知れぬ苦痛と歓びで、心の奥底まで震えてきそうだった。

彼女が練炭ハサミで砕け散った練炭をつまみ上げようとおろおろしているのを見て、わたしはにわかに、自分の体をぐさりと突き刺して通り過ぎていく、奇妙な戦慄からわれに返って、彼女の練炭ハサミで新しい練炭を挟んでやった。彼女が立ち去ってからわたしは、いつまでも釘付けになったようにその場に立ちつくしていた。

明くる日、彼女は職場を欠勤した。何も食べようとはせずに、ふとんをかぶったまま寝込んでいるということだった。彼女に付き添っていた実家の家族たちは、朝になると全員がてんでに散らばっていったのだった。お昼過ぎに母は、彼女のために重湯を作ってやった。そうした光景に心の温もりを感じていることを隠そうと苦心をしているわたしに、母は内心では心配になっていることを打ち明けた。

「どうやら、ただごとではないようだねえ。間貸しをする相手を選び違えたみたいだよ。けど、何も食べないで臥せっているのに、見て見ないふりをしているわけにもいかないしねえ」

頭の中を風のように突っ走っていく思いを追いかけるのに夢中な余り、わたしは母の言葉を上の空で聞いていた。チャンスを見て、彼女の部屋のオンドルの練炭を取り替えてやるつもりだった。

その日の晩のことだった。釜山から上京してきた母娘が、意外なことにパク常務を先に立たせてふたたび現れた。

パク常務の家族が残らず部屋へ入って行って、五分と経っていなかった。

「おっ母さんだと？　誰がおめえのおっ母だというだよ？」

やぼったい慶尚道訛りで、こっぴどくけんつくを食わせる声が聞こえてきた。しばらくして電話交換手をしているパク常務の妻が、裸足のままわが家の勝手口の前に現れて母に頼んだ。

「おばさん、うちの母に、ちょっと来て欲しいと伝えて下さいませんか」

彼女は肩をわなわな震わせながら、自分たちの部屋へ戻っていった。

彼女の依頼を受けた母は飛ぶように走っていって、彼女の実家の母親を連れてきた。パク常務の部屋の戸口の外には、次第にたくさんの履き物が集まってきた。ゴム靴《シン》〔伝統的な舟形の沓をゴムで再生した履き物〕と運動靴と革靴とハイヒールと軍靴のたぐいが。

「穏やかに、穏やかに穏やかに、話し合わんとね」

と、彼女の実家の母親も低い声で、侮り難い身構えでもって遣り返すのが聞こえてきた。

「おめえがどがいに言うて、うっとこの息子を誑かしたのかは知らんけんど、この男はれっきとした子どもと女房が、ぱっちりと目を開けて生きとる身の上じゃ。聞くところによると、おのれの餓鬼たちまで養っとる分際で、どの面下げて他人の亭主にちょっかいを出しおった」

「何じゃい、誑かしたと？　人聞きの悪い。それはこっちの言い分だわな」

肝心の当人たちはそっちのけの、母親同士の口喧嘩から始まった言い争いは、揚げ句の果てに当人同士の怒鳴り合いにまで発展し、口汚い怒鳴り合いの果てに、何かが割れたり壊れたり。そのうちにけたたましく痛哭する彼女の泣き声が、新米を神に供えるのにもっともふさわしい、十月にさしかかったうそ寒い夜の空気を激しく揺さぶった。

大声が遣り取りされる間に暴かれた、思ってもみなかった数々の事実は、一つ屋根の下に暮らす人々の枕元にまで、まがまがしく食い込んでいった。それらの事実というのは、パク常務には、釜山随一の繁華街といわれる中区光復洞で、衣服店を営む母親が勧めてくれた妻との間に一男二女がいた。妻は雨水を利用して洗濯をするくらいのしっかり者だけれど、パク常務は借金に追いまくられ、釜山からソウルへ夜逃げしてきた逃亡者だった。ソウルで親戚や知人の家を転々としていた彼の面倒を見てやり、勤め先を見つけ、腰を落ち着かせてくれたのは、電話交換手のソウル妻だった。パク常務の性的行為には、変態的なところがあった。電話交換手の彼女は、兵隊だった夫が訓練中に同僚が起こした誤発事故によって死亡し、援護の対象者になっていた。それから、堕胎の手術を二度も受けていることなどなど。

出し抜けに母屋の縁側に通じる戸が開く音とともに、袖をたくし上げたパク常務の母親が、「サナガ　ビチだ！　サナガ　ビチだよ」と口走りながら、部屋に向かってしきりに拳を振り上げた。

居間の下宿生たちの、こそこそとささやき合う声が聞こえてきた。

「あのおばさん、サン　オブ　ア　ビッチ〔ちくしょう、糞っ垂れ、この野郎〕をサナガ　ビチ〔韓国語ではサナ＝男がメスという意味に聞こえる〕って言ってるんじゃないのか？」

腹を抱えて笑い転げる彼らの笑い声を押し退け、母が部屋から飛びだしてきた。ドアが開かれる音から察するに、もの凄く向かっ腹を立てているらしかった。

「じっと我慢を重ねてきたけれど、人を無視するのもほどがあるじゃないか。一体全体いま何時だい、何時。他人のことだってちっとは考えてくれなくちゃ。この家にゃ、あんたらしか住んでないのかい？」

これは母が、パク常務にかけていた期待を、自分から木っ端微塵に打ち砕いた瞬間でもあった。埒もない、虚しい希望の鎖を解き放ってしまった母の厳しい決断は、狂ったように興奮していた彼らをいっぺんに静まり返らせた。
「家主さんのお宅に迷惑をかけたりしないで、わしら、道路の向こうの、旅館へ移りましょう」と、声を落として注意深く告げるパク常務はもはや、手の切れるような札びらを切ってチョンセの契約金の一部を支払いながら、尊大ぶっていたときの彼ではなかった。

夜のしじまの中に、騒動の後のもの寂しい余韻が流れた。単調なコオロギの啼く、よりいっそう玉を転がすような冴えた声が、枕元の近くまで迫ってきた。この屋根の下で目覚めているのはわたし一人きりだった。

わたしは眠りにつくことができなかった。耳をどんなに深々と枕の中へ埋めていても、世の中の悲しみのど真ん中を指さして見せているような、パク常務のソウル妻の泣き声を消し去ることはできなかった。どんなに目をしっかりとつぶっていても、彼女のあのときこのときの姿――初めて部屋を借りに来たとき、家族は何人かと母から訊かれて、チョゴリの袖口からガーゼハンカチを取りだし、鼻筋を何度も押さえていたこととか、毎朝、母屋の縁側の戸を半ば空けたまま、夫に及び腰の姿勢で抱かれて、アウアフフとよがり声を上げたときの、蒼白なまでに白かった顔、夕陽がゆらゆらと傾いていく時刻に、口に歯ブラシをくわえて井戸端へ出てくると、とりとめもなく歯を磨いていて、ふと澄みわたった空を見上げ、出し抜けに「雨でも降るのかしら？」とつぶやいていたこととか、パク常務の母親が訪ねてきたことを知らされた後は、家を出たり入ったりしていたと見るうちに、大きなボウルのような真鍮製の器に、お米を入れて井戸端へ姿を現しながら、お米は研ごうともせずに器をその場においたまま、ふらふらと立ち上がったりしたこととか――一つ一つが現実であるよりは、夢の中で見た映像みたいに、生々しく蘇ってきた。

その藪から棒の映像の一つ一つをつないでくれる、ある女の人生のぼんやりとした全体像、躓いたり転げたりした人生の険しい峠を、息を切らせながら越えてきた辛い歴程が、わたしの心に手に余る苦痛を植えつけてくれた。その苦痛はあまりにも身近なものに思われたので、わたしは自分が、彼女のそれと似たり寄ったりの、人生の歴程をたどらねばならない運命の火種を、自分の中へ取り込んでいるのではなかろうかという、疑念まで抱いた。教師になることを拒絶したそのときから、わたしは早くも平坦とは言い難い人生の歴程に向かって、第一歩を踏みだしていたのではなかったろうか。

屋根裏部屋で寝起きするようになってからというもの、わたしはいつも普段着姿のまま寝床へ入った。天井は低いうえに周りが狭くて、衣服を脱いだり着たりすることなどは、とても思いもよらなかったのである。妹が掛け布団の裾を引っ張っていってしまうので、しまいにわたしはふとんの上に、むっくと体を起こして座り込んだ。暗がりの中でわたしはじっと、窓の外の闇を見つめた。外から得体の知れない力が、わたしを引き寄せているような気がした。

わたしは窓から抜け出すと、梯子伝いに「下の階」へ降りてきた。夜露にぐっしょり濡れている、母の古いゴム靴を足に突っかけると、思わずぶるるっと体が震えてきた。傾き加減の上弦の月のぐるりに、どす黒い雨雲が集まってくるところだった。四方は真っ暗で静まり返っていた。わたしはしばしし、何をしたらよいのかわからぬまま、井戸端に佇んでいた。そのとき、永らく熟成していたお酒のように、わたしの内面で一曲の歌がぐるぐると回転した。それは次第に、鎮めることのできない涙のように、胸の中を突き上げて外へ溢れだした。

薔薇のようなおまえの心に棘が生え
こんなに幼い魂が萎えてしまったのか
薔薇のようなおまえの心に棘が生え
こんなに幼い魂が萎えてしまったのか
薔薇のようなおまえの心に……

突然わたしは口を閉ざした。顔が火照ってきた。自分の気持ちを、わたし自身に気づかれたことが恥ずかしかった。それなのにわたしは、口の中で自分勝手につぶやいている歌を、止めることができなかった。道路の向こう側の家々を残らず訪ね歩いてでも、パク常務のソウル妻を見つけだして、わが家へ連れ戻したかった。彼女が被る屈辱、彼女に加えられる迫害から、彼女を保護してやりたかった。そんなことを考えた途端に、胸の動悸が激しくなってきた。

足音を忍ばせて庭先を横切り、表門まで行くと、潜り戸の留め金を外した。真っ暗な闇の中に埋もれてしまっている、路地の彼方からぞくぞくするくらい、静かな風が吹いてきた。道路の両側に建ち並んでいる家々の窓は、たったいま雲間を掻き分けて顔を突きだした、おぼろげな月明かりを受けてますます暗く見えた。

わたしはしばしためらっていたけれど、広い道路のほうへ進んでいった。道路の彼方には紛れもなく闇と静寂のほかには何もないのに、わたしはまるで何かにいざなわれている気分だった。頭の中では、パク常務のソウル妻を見つけだしに行くということだったけれど、気持ちのうえでは、ほかの女性たちの顔が明滅した。飲んだくれの亭主から毎晩のように、殴る蹴るの乱暴をされてわが家へ逃げ込んできた、近所のおばさん――彼女はある日のこと、亭主から鼻を食いちぎられ、流れる血を口で飲み込みながら、わが家へ逃げてきたこともあった――一生涯よその女性への愛を心に秘め、少しずつ少しずつ廃人になっていく夫のせいで、三度も服毒自殺をこころみた親戚のおねえさん、伝道師のような質素な身なりをして、いつだって泣いている人みたいに目を真っ赤に充血させ、授業が始まる前と終わった後に黙想を強要した、オールドミスの漢文の先生、妊娠している身で父親から殴られ、顔面を青黒い痣だらけにして、身を隠すためにわたしの部屋で居候をしたヒョースニ、教員採用試験に四人家族の生計を賭け、試験官たちの前でひらひらと飛び跳ねていて、どてんとひっくり返ってしまった師範学校の先輩……そう、わたしはまたふたたび、愛の虜になったのだった。心を打ち砕かれ、傷心の痛手を負うだけの、ほかになすすべのない虚しい愛の虜。

　突然、夜警が打ち鳴らす拍子木の音が、わたしの足をわが家のほうへ向かわせた。表門は開かれたままになっていた。それは何かがそこから脱けだしていった、空洞のような穴ではなくて、いまだに何ものかの、長々と垂らした裾をぎっしりとくわえている、大きな口のように見えた。外から覗き見ができる表門の内側には、ぼんやりとした明かりが灯されていた。出てくるときは、まるきり感じられなかった明かりだった。どこから洩れてくる明かりだろうか？母が目覚めたのだろうか？

　わたしは表門の中へ入っていった。するとその明かりが、もうちょっと近くに感じられた。玄関の傍には、スレートの屋根をつないでこしらえた、貸間についている簡易台所があった。明かりはその台所の奥から、もっと正確に言うならば、台所のほうへ半分ほど開いている、部屋の中から流れだしていた。パク常務の一行がぞろぞろと出ていくとき、開けたままにしていったものらしかった。

　みすぼらしい台所の家財道具――ガラスが割れ引き戸がいびつになっている、ちっぽけな茶だんす。キムチの汁の跡が赤っぽく染まったままのまな板。柄の部分に布きれが巻き付いている台所用の包丁。でこぼこにへこんでいるボウル。蓋のつまみが取れてしまっている鍋。縄で縛られて柱に吊るされている塩サバが一匹――と、青みがかった色のキャビネット。その傍の蓋のないおまる。雑な造りのらでん細工が施されている鏡台。洗濯して衣紋掛けに吊るしておいた、電話局のブルーのユニフォームなど、室内の家財道具を見回している間に、わたしの胸が訳もなしに張り裂けそうになってきた。

部屋の戸を閉めて外へ出ようとしたら、母の咳払いと足音が聞こえてきた。下宿生たちの部屋のオンドルの練炭を取り替えるために、起きだしたらしかった。いつの間にか、夜明けが近づきつつあった。

明くる日の朝、わたしは滅多やたらと殴りつけられた人みたいに、全身がずきずきと痛んだ。


あの日の晩以後、パク常務はこの家へは戻って来なかった。パク常務の足が遠のくと電話局に勤めている若い未亡人は、勤務を終えたその足でまっすぐに実家へ帰り、晩になってもこちらへは戻ってこなかった。パク常務がいた頃は影も形も見せなかった未亡人の子たちが、遅い時刻もしくは朝早くにオムマの言いつけで、何かを持ち帰るためにやってきたりした。

しばらくの間、そんなパク常務の家庭の内情を眺めているばかりだった母が、兄に「どう見ても、いけないねえ」と言って、口火を切った。

「就職の件はもう当てが外れたし、ぼやぼやしていたら預けてあるおカネまで、騙し取られちまいそうだよ。パク常務に電話をかけて会うとか、職場へ訪ねていくとかして、おカネを返してくれと言ってみておくれ」

視線は宙に泳がせたまま、自分の喉仏を撫で回していた兄に、母は洗濯物の手入れをしながら頼んだ。

しばらくの間、母が下宿生たちのふとんのシーツに、口に含んだ水を吹きつける音ばかりが繰り返された。にわかに兄が、勢いよく立ち上がって、

「えいっ、汚らわしい世の中め。えいっ、糞っ垂れの世の中め。こんなありさまでは、生きていたって、何になるっていうんだ」

と、大声を張り上げて鬱憤をぶちまけた。ここ数年の間に兄の身に降りかかったことなどが、兄の被害者意識をいたく刺激して、彼は利己的かつ攻撃的な人間に変わっていた。

「この子ったら、どうしたっていうんだね、落ち着いておくれよ！　お座りな！」

母の声も絶望と幻滅に打ちひしがれて、震えていた。

ところで、パク常務の職場を訪ねていった兄は、いよいよもって芳しくない知らせを持って、帰ってきた。パク常務の名刺に印刷されている、第一物産という名の貿易会社はすでに五ヵ月も前に不渡りを出して、店仕舞いをした状態と変わらないということだった。

「あの人ったら意図的に、ぼくたちに詐欺を働いたんだよ。韓米銀行の支店長代理は親友だと言ってたことだって、真っ赤な嘘っぱちだったもの」

「まさか……そこまでは」

「支店長代理を訪ねていって、パク誰それのお使いできましたって言ったら、そんな人はまったく知らないって言ってたもの。名刺を突きつけて見せたって、かぶりを振るばかりだったし」

母と兄が詐欺師であるパク常務と、その手助けをしたイネのオムマ――母は電話交換手である未亡人を、彼女の娘のイネの名前をかぶせてこのように呼んだ――をどのようにして懲らしめてやろうかと知恵を絞っている間、わたしは埋めようもない空虚感を歌でもって慰める一方で彼女が姿を現すのをじりじりしながら待ち受けた。

「下の階」へ降りていくと何をしても、わたしの目の端に彼女の部屋が意識された。その部屋には、空いている間いつも鍵がかけられていたし、晩になっても窓は真っ暗だった。わたしはうちの練炭をくすねて火をつけ、彼女の部屋のオンドルのへっついへ、入れておいて上げたりしたけれど、火が消えないようにしようとしたら、少なからず気を使わなくてはならなかった。それればかりではない。燃えつきた練炭の灰を、母の目に触れないようにして処分するのも、容易なことではなかった。

そうこうするうちに、わたしのしていることが母にばれてしまった。残り火の勢いがまだ強いのに、無理やりに取りだして練炭を取り替えたのが、そのきっかけだった。わたしは彼女の部屋の、オンドルのへっついから取りだした練炭の灰を、母の目に留まらぬようにしようと、家の外まで運んでいって、塀の下に積み上げておくほかの練炭の灰の中へ、こっそりと紛れ込ませたりしていた。そこにはゴミの集配車が集めきれなかった、練炭の灰などがいつも積み上げられたままだったので、母の目をまんまと欺くことができた。ところが、その日にかぎってどうしたわけか、母は下宿生たちの部屋のオンドルの練炭を取り替えると、その灰を朝までへっついの傍へおいといて、後で一度に家の外のゴミ捨て場の傍へ運んでいくこれまでの習慣を破って、まっすぐに家の外へ棄てに出て行ってから、まるで自分から秘密を暴露するように暗がりの中でめらめらと燃えている、練炭の残り火の一つを発見したのだった。

真夜中だというのに、おまけにもしかしたら下宿生たちの熟睡を妨げる心配があることなどもお構いなしに、母は梯子を伝って登ってくると、屋根裏部屋の窓をちょっと開けて窓から手を突っ込んで、二人の娘たちの脚を順繰りにつねって目を覚まさせた。

妹は深い夢路を彷徨っているところだったし、わたしのほうもまたすぐにも、眠りに落ちようとしているところだった。

「どうなっているのか、ちょっと説明しておくれ」

母は低い声で、けれども断固とした口調で問いつめてきた。

「表門の外の練炭の灰は、誰が棄てたんだい？」

「どんな練炭の灰よ？」

ぶつくさつぶやきながら、妹がふたたびもうろうとした眠りの底へ落ち込んでいくと、犯人は自ずと判明したわけだった。

「下の階」へ降りておいでと母から呼びだされて、わたしは梯子を下りていった。母はわたしを、練炭置き場の陰のほうへ引っ張っていった。庭先には皓々たる月明かりが満ち溢れていたうえ、コオロギさえもが息を止めたかのように、四方は静まり返っていた。

「誰がこっそりと、練炭に手をつけているのだろうと思ってたら……あたしには何がどうなっているのか、さっぱり訳がわからないね。他人の部屋の、それも空き部屋のオンドルなんぞへ、どういうつもりで練炭を取り替えて、入れてやったりしているのかって」

わたしは舌で、からからの唇を舐め回した。母から小言を食らっている自分が、自分みたいではなかった。わたしには、自分の行動以上の何かである「わたし」を、母に説明するすべがなかった。母が他人みたいに感じられた。母が恨めしかった。

「母さんは一個の練炭を節約しようと、毎晩、眠る時間まで惜しんでいるのに……娘っこのほうは血のつながりもない赤の他人に施しなんかするなんて、結構なことだわ、結構なことだって。あんたは一体、何歳になったんだい？　いつになったら分別がつくんだよ？」

わたしは壁にもたれかかった。体を固くして突っ立っていることに骨が折れた。にわかに、生きていかねばならない、将来の永い永い日々のことが、気が遠くなるくらい厄介なものに感じられた。それは決して、練炭に関わる問題ではなかった。あの日の深夜、彼女が目にいっぱい涙を溜めたまま笑いながら、「あたし、すっかり酔ってしまったの、もの凄く酔ってしまったのよ」と言ったとき、一人の女性の人生がわたしの心を貫いて、通り過ぎていったあのしびれるような戦慄……それが単なる練炭だけの問題だったら、男子校の運動会場のど真ん中で、借り物競走で女子高生の制服を借りるというくじを引いてしまった、男子校の高校生を助けるために、恥ずかしさをものともせずに、自分の上衣を脱いで貸し与えた、その情熱的な女子学生に、人生とは練炭の幾つか出し惜しみをするように、教えて上げることだとしたら……わたしは拡げた手のひらいっぱいに、顔を埋めた。わたしは、分別などわきまえたくない。わたしは歳を取りたくない。わたしは生きていたくない。

足音がわたしの傍を通り過ぎていった。わたしを独りぼっちにしたまま、母はわたしの外を、わたしの傍らをかすめて通り過ぎた。蒼白い月明かりと、胸の奥底までしびれさせる静寂と、わたしだけだった。生きていることの孤独感、生きることの怖さよ。わたしにはとても、顔から手のひらを離すことができなかった。

わたしは母と二人きりで、朝の食卓に向き合って座ることが、もの凄く窮屈なうえ嫌だった。妹と下宿生たちが真っ先に朝ご飯を食べて学校へ行き、その後に続いて兄が職場へ出勤してしまうと、母とわたしは妹や下宿生たちのお皿とか兄のお皿などから、食べ残したおかずなどを集めて、いっとうしんがりに朝ご飯を食べた。

わたしは母と向き合って、何事もなかったかのように自分自身を取り繕うことができなかった。昨夜のうちに対面した、人生の喩えようもなく苦い恐怖が、いまだにわたしをハサミのように押さえつけていた。わたしは心に決めた。

わたしは家を出ていくとき、母が生活費を入れている、台所の棚の上の、漢方薬材を煎じる陶製のやかんの中から、千ファンを震える手でつかみだした。できることなら二度とふたたび、この家へ帰ることがないようにと願った。ひょっとしたらそれは、可能なことのようでもあった。屋根裏部屋から低いところへ、低いところへ流れるわたしの窓を通しておびただしく、一人立ちをする練習を重ねてきたからだった。

もしも現実が映画みたいなものだったら、いまごろは修道院のあのどっしりとした重々しい門は、わたしとわたしの家族を、さらにいえば俗世の辛い人生から、わたしを引き離して、わたしの背後で冷たく閉ざされたことだろう。ところが、明洞聖堂〔一八九二年～一八九八年にかけて建立された韓国最大のカトリックの大聖堂。ソウル教区と全国教区を管轄する韓国カトリックの総本山。ちなみに明洞は古くからある韓国の代表的な繁華街〕の別館前にある階段で出くわしたその修道女は、修道女になりたいというわたしをその場から、手を取って修道院へ連れていく代わりに、聖堂へ行きなさいという言葉だけを残して、わたしを通り過ぎてそそくさと姿を消した。生きることがしんどい瞬間を迎えるたびに、唯一の慰藉のように修道女に憧れてきた、このわたしを通り過ぎて、である。黒いもすそをひるがえしてその修道女が消えていった、建物の屋根の上で正午の陽射しが、目映いばかりの祝福を送っていた。

とはいえ、陽が沈むにはまだ間があった。わたしにはさっそく、行く宛がなかった。

バスと電車を乗り継いでヨスギを訪ねていく間、ずっと考え続けたけれど、わたしにはどうしても納得できなかった。修道女になりたいというわたしに、どうして「修道女」のくせに素知らぬ振りができるというのだろうか。わたしがあまりにもその謎に、死に物狂いで食らいついて離さなかったものだから、バスや電車の中でひたすら車外の風景を眺めていたはずなのに、目には何一つ残っていなかった。ついには赤十字が描かれている薬局の看板が、わたしの心の中の修道女からわたしを、引き離してくれるまで。

太鼓橋を渡って、暗渠にはなっていないどぶ川を伝っていくと、ヨスギが寝泊まりプラス三食つきでアルバイトをしている、わたしたちの中学校時代の英語の先生の薬局があった。癌に罹って亡くなったヨスギの母親が娘のために残してくれたのは、母方の老い呆けているお婆ちゃんと、母の華麗だった時代の名残をとどめている、らでん細工を施した化粧台だけだった。家と二台のトラックにはすべて差し押さえの証紙が張られて、他人の所有になってしまった。そこで母方のお婆ちゃんは老人ホームへ、化粧台は母のお友だちの家に預けて、ヨスギは学校を休学した。

これから昔の恩師と、その恩師の居候になっている親友と、世間のあらゆる病気への処方薬などが、修道院の代わりにわたしを迎えてくれるはずだった。

恩師が枕元のラジオのスイッチを入れて、室内で体を臥せていてくれさえしたら、わたしとヨスギは草緑色の、ビニール製の長椅子に並んで腰をかけて脚をぶらぶらさせながら、窓ガラスの外を通り過ぎていく人たちを見物したり、「活明水」とか「ノーシン」を求める客に薬を売ったりして、それなりにゆったりとした時間を愉しむことだってできるのだけれど。

マーケットと隣接しているこの薬局は、露天商たちが並べた大きな容器などに包囲されていた。市〔人がおおぜい集まってものの売り買いをする場所〕の立つ日みたいだった。四角い木製の器に盛ってある、出入口を塞いでいる熟し柿の山を注意深くまたいで、わたしはやっとの思いで薬局の出入口から中へ入っていった。

いまではオールドミスの薬剤師になっている昔の恩師は、もの凄いむくれっ面をしてデスクの前に腰をかけていたし、調剤室の裏手の狭い台所のほうからは、食後の片づけをしている音が聞こえてきた。まるでいたたまれない思いを隠すより早く、助け船がやってきたかのようにすっくと立ち上がって歩み寄ってきた恩師から、わたしは手をつかまれた。彼女の白衣の襟元には、たったいま跳ねたばかりのキムチの汁の跡が、まだ酸っぱい匂いをただよわせているようだった。「チョンエかい、あんた、よく来てくれたね。いま、どんなことが持ち上がったかわかるかい。あんただって、入って来るとき見ただろう？　あの人たち、他人のお店の入り口の前をすっかり塞いでしまったら、うちのお客さまはどうやって出入りするのよ？　だからあたしが、道をちょっと開けて頂戴って言ったら、あべこべにあたしに、他人の器を足蹴にしたって言いがかりをつけて、食ってかかるじゃないの」

これまでにもたびたび繰り返されてきたいさかいだった。気まぐれのこのオールドミスは、ときには露天が並ぶおかげで薬がよく売れると歓んだかと思うと、またときには、彼らの品物が盛られている器を、いまにも残らず掃き捨てるかのような剣幕で、言いがかりをつけたりした。

どんな雲行きになろうと、わが家を飛びだしてきたわたしの立場としては、せめて夕暮れどきまででも、ここでうろついていなければならない境遇にあった。

「うかうかしてたら、とんだ災難に遭われるところでしたね」

薬剤師にはわたしの生ぬるい反応が、すこぶるご不満らしかった。

「それこそ災難そのものでなくて、何なんだい？　ヨスギだって見てたんだから」

食器類を洗ったり後片づけをしたりして、汚れた水の容器を持って出てきたヨスギは、わたしと目を会わせる暇もあらばこそ、薬剤師の言葉を裏づける目撃証人にならなければならなかった。

「そうなのよ。この目で見たんだもの。器なんて触ってもいないのに足蹴にしたって難癖をつけると、いまにも先生を殴りつけようと食ってかかったんだから」

ヨスギが食器を洗った水を棄てるために、出入口の外へ出ていったものだから、薬剤師はそれきり、彼女を味方に引き入れることができなかった。

「あの女だよ、あの女」

黄色い金時計をぴかぴかさせながら、薬剤師がガラス窓の外の、立ち並ぶ露店の真ん中辺りを指さした。もんぺ姿の、顔の皮が日灼けして分厚いなめし革のようになっている、田舎じみた女の人が蒸かしたお芋の蔓を陶器に盛っておいて、他方では熱心に豆のさやを剥いて豆を取りだしていた。その、罪のない田舎じみた女の人を非難することで、薬剤師のご機嫌を取り結ぶべきだろうか。むらむらと意地の悪い茶目っ気が湧いてきた。

に水を注した。

「先生、お巡りさんを呼んで来ましょうか？」

ようやくわたしは薬剤師を正面から眺めた。軽い当惑感が、薬剤師のいきり立っている感情に水を注した。

「そんなことまでするには……」

「一度は白黒を、はっきりさせておく必要があるんじゃありません？」

「そうね、だったらあんたが行って、ちょっとお巡りさんを呼んできて」

わたしは内心ぎくりとしたけれど、行きがかり上もはや引っ込みがつかなかった。薬剤師も同様だった。

「ヨスギ、あんた、チョンエと一緒に交番へ行って、お巡りさんをちょっと呼んできて頂戴。今日こそはきっぱりとケリをつけなくちゃね」

どぶ川へ汚水を棄てて戻ってきたヨスギが、理由など知りたくもないというように、くたびれてうんざりした顔つきで、長椅子の上へ身を投げだすように腰を下ろした。きっとヨスギは、来る日も来る日もこんな具合にして、少なからず苛まれてきたのだろう。

「立ちなさいよ。行こう！」

わたしはヨスギの太股を思いっきり強くつねって、すっかり気が抜けている彼女が、ひざをぴんと立てて直立しないではいられなくした。

わたしたちの後ろから薬剤師の不安そうな視線が、どこまでも追いすがってきた。交番は薬局からどぶ川沿いに、一直線の距離にあった。通り過ぎていくトラックが体を隠してくれるようになったので、わたしはヨスギを路地の中へ引っ張り込んだ。その路地は市場の通りとつながっていて、市場に近いところに店を張れなかった商人たちが、ところどころに露店を出していた。

「こっちへ行ってどうするのよ?」

身をひるがえして、もと来た道へ路地を脱け出して行こうとするヨスギを引き留めて、わたしは平然と答えた。

「何がどうするよ? 交番へ行ったら、お巡りさんたちが一人残らず出払っていて、誰もいなかったって言えばいいじゃないの。あんた、鯛焼き食べない? わたし、お腹が空いたわ」

わたしたちはある家の塀の陰まできて、足を停めた。鯛焼きを五個ずつ分けて手に持って、紙袋を破って地べたに敷いて座った。濃い家の陰がわたしたちにかぶさり、冬の到来を促す冷たい風が襟元から忍び込んできた。

鯛焼きを食べている間ずっと、わたしの視線はスカートの下からはみだしている、ヨスギの履き物の上に留まっていた。大学へ入学するとき買って履いたその靴が、いまでは踵の上の部分が踏みつぶされて、まるっきりサンダルと変わらなかった。鼻の頭にはトウガラシの粉が、こびりついて乾いていた。目には見えない陽射しが眩しいみたいに、ヨスギはさっきからずっと手のひらで額を覆っていた。

「あんた、どうして食べないのよ？」

最後に一個が残った鯛焼きを口もとへ運びながら、わたしが訊いた。

「あんたはあたしが、この次に何になると思う？」

「さあ、ねえ――」

わたしは黙って、そしていっそうゆっくりと鯛焼きを齧った。

「あたしって、自分が二十歳を超えたときには、いまよりもずっと素敵な人間になっていると思ってたんだ」

目には見えない陽射しが消え去って、これまでみたいに眩しくさせるものがないのか、ヨスギは手を降ろした。その手で、もう冷たくなってぺしゃんこに潰れている鯛焼きをつまみ上げると、わたしの手のひらの上に載せてくれた。彼女は溜め息をつきながら、独りごつようにつぶやいた。

「こんな毎日が、いつまで続くのだろうか」

わたしはそれまでのように、鯛焼きを食べてばかりはいられなかった。ヨスギが泣きだすのではないかと、怖くなってきた。わたしたちの生涯で、実に短くも永い瞬間だった。マーケットの通りのどこかから、両脚を縛られている雄鶏が刻をつくる声が聞こえてきた。

「あたしってこの頃、椅子の上で眠っているの」

その言葉と同時にわたしは、噛み砕いてもいない鯛焼きを丸ごとごくりと飲み込んでしまった。ヨスギは寒いらしく、身をすくめながら話を続けた。

「晩には先生の愛人が訪ねてきて、泊まって帰るの。その人が泊まりに来ないと、あれやこれやとやたら難癖をつけて、あたしをいびるのよ。家庭教師でもできたらいいんだけど、家庭教師の口を見つけてくれる人なんて、誰もいないしねえ」

品物を売ってわが家へ帰っていく女の人が、器を頭の上に載せたまま、尻を振りふりわたしたちの前を通り過ぎた。ヨスギとわたしは示し合わせていたように、彼女の後ろ姿が見えなくなるまで見送っていた。

「このままあの薬局と、おさらばできないかしら?」

もしかしたらヨスギは、わたしと連れだって、わが家へ転がり込みたいと思っているのかもしれなかった。わたしは彼女と会って打ち明けたかったことを、一言も切りだせなかった。わたしは伝線している自分の、ストッキングばかりじっと見つめていた。

「いけないっ!」

ヨスギが突然けたたましい悲鳴を上げると、弾かれたように立ち上がった。いつの間にか前方を駆けていく彼女の後を追いながら、わたしが叫んだ。

「どうしたのよ? 何があったのよ?」

「練炭の火の上に、洗濯物を載せておいたの」

薬局が見えて来ると、ひと息入れようとしばし駆けるのを止めたヨスギは、わたしの手の中に鯛焼きがあるのを見て、またしてもひとしきり仰天した。

「あんた、鯛焼きを片づけて」

わたしたちは五個の鯛焼きを、ひと口で一個ずつ五口で残らず平らげてしまうと、口もとを拭ってから薬局へ入っていった。悲壮な覚悟を心に秘めて。

薬剤師はわたしたちとか、わたしたちが連れていくはずのお巡りさんとかを、まるきり待ち受けてはいない気配だった。室内から彼女の声が聞こえてきた。部屋のドアの外には、艶がでるくらい磨かれている男物の靴が一足、内側を向いて並べてあった。ガラス窓の中に閉じこめられた一匹のカゲロウが、飛び回りながら出口を探し求めていた。

ヨスギとわたしは素早く、目と目を合わせて安堵の胸を撫で下ろした。さりとて、すべての問題が解決したわけではなかった。ヨスギが足音を殺して台所へ入っている間に、わたしはいまにも消え入りそうな声を、辛うじて追いすがるようにして口に出した。

「先生、交番へ行ったら……」

口の中に暗記しておいた言葉をまだ言い終わらないうちに、部屋の中からひときわ優しい言葉が、わたしの言葉をさえぎった。

「そう、わかったわ。ご苦労様。夕ご飯を食べてからちょっと、ヨスギと一緒に店番をお願いね」

台所から舌を長く伸ばしたままヨスギがでてきた。目もとにいっぱい笑みを浮かべたまま。洗濯物には異常がなかったらしかった。わたしに近づいてきたヨスギが、耳の中へ自分の唇を突っ込むようにしてささやいた。

「あんた、今日はここで泊まっていって」

その日の晩のことだった。薬局のホールに置かれている、固いビニールのベッドの上で、体をぴたりとつけたまま耳と唇を寄せ合って、互いに二十一年間生きてきた自分のことを、残らずぶちまけた。興奮したわたしたちはまるで、戦場から一時的に実家へ帰省してきた休暇中の兵士が、自分の家族に武勇談を話して聞かせるように、自分たちのもっとも痛い恥部までも愉しくなって開けて見せた。

「ちょっと待ってて。見せたいものがあるの」

スカートのポケットからマッチを取りだしたヨスギは、手のひらでマッチの火を周りから丸くかぶせ、薬を保管してある棚の前へ歩み寄った。オールドミスと恋人の二人が眠っている部屋のドアの上に、人影が滑っていった。

ヨスギはひとまず明かりを消して、薬を保管してある棚のいっとう下の引き出しを開けた。暗がりの中でも彼女の手つきは、すこぶる手慣れて見えた。

「これって、何よ?」

ヨスギから手渡された小さな薬瓶を、わたしは暗がりの中で高くかざして中身をうかがった。

「薬じゃないの」

「何の薬よ?」

「あたしが自殺するとき、服む薬」

「薬の名前は、何ていうの？」

「セコナール。もともとは睡眠剤なの。致死量になるまでには五十粒は服まなくてはならないんだけど、四十二粒しかないの。まだ八粒も足りないのよ」

「どうやって集めたのよ？」

「くすねたんじゃないの。お手伝いさんたちだってお給料をもらってるのに、あたしなんかただ働きさせられてるんだもの。その代わりセコナールをちょっとくすねたくらいで、罪になりはしないわよ」

ヨスギはわたしから薬瓶を取り上げると、前からあった場所へ注意深く隠しておいた。その晩のクライマックスはこのようにして、引き出しの中へ元通り行方をくらました。

いつの間にかわたしたちの枕元の、薬の保管棚の上に置いてあった目覚まし時計が、青い夜光の秒針で夜明けの三時を指していた。欠伸の声に続いてヨスギはじきに、すやすやと寝息を立て始めた。

ところがヨスギが寝入った後になって、わたしの胸は逸る馬のように高鳴りだした。女々しい命を一刀のもとに切り落とす武器が、わたしの手もと近くにあるからだった。聖堂みたいなところで無駄な時間をついやさなくても、その武器はわたしの気持ち次第では、すぐさま旋風を巻き起こしてくれることだってできるはずだった。これからのわたしの人生の慰藉は、修道女になることではなくて、あの四十二粒のセコナールという薬だ！　わたしはこっそりと体を起こした。震える歓びを歯でそっと噛みしめたまま。

その赤い丸薬を武器として役立てる日は、意外にも早々と近づいてきた。家出から帰って来て、一週間が経ったときだった。

ほぼひと月ぶりに間借りしている部屋へ戻ってきたイネのオムマは、青ざめた表情は面やつれがひどかったけれど、落ち着いていて平穏そうに見えた。練炭置き場の傍で新聞紙と、稲妻炭と呼ばれている発火材でもって練炭の火を熾そうと、えがらい煙を吸い込んでしきりに咳き込んでいた彼女が、庭先へでてきた母の気配に素早く立ち上がって、腰を折り曲げお辞儀をした。

「あたしがとやかく言うことではないけれど……」

と、母が彼女の個人的な問題に多少の関心を示すと、彼女は淡々とした口ぶりで、あの日の晩以後の一部始終を聞かせてくれた揚げ句、つけ加えた。

「おばさん、わたし、あの人とは完全に別れましたの」

だしぬけに咳が込み上げてきたせいで、わ、か、れ、ま、し、た、の、という言葉が、涙の滴のようにぷつんぷつんと途切れた。

屋根裏部屋の窓の隙間から、その光景を見守っていたわたしは、なぜかはらはらどきどきしてきた。母の表情の背後に、何か隠されているものが垣間見えたからだった。

「そうとわかってたら、うちの火種を分けて上げるところだったのに」

と言って背を向け、台所へ戻って行くところだった母が、踵を返して彼女のところへ近づいていった。

何かをためらっていた顔つきが、決然とした表情に変わっていた。

「イネのオムマ、気を悪くしないでね……」

わたしは胸が激しく高鳴り、重い鉄の塊が首筋を押さえつけるようで、なおも母の話に耳を傾けていることができなかった。ラジオのレシーバーを耳に差し込んで、明るく淀みのない声のアナウンサーが聞かせてくれる、天気予報に耳を傾けたけれど、すでに心のうちで知ってしまった事実ばかりは、どうすることもできなかった。母はイネのオムマに、部屋を空け渡して欲しいと要求した。それぱかりでなく、パク常務に交際費として預けたおカネを、チョンセの一部として預かったおカネから、差し引くという言葉をつけ加えた。

「はい、わかりました、おばさん。明日でかけていって、家を探しに歩いてみますわ」

諦めきったような低くて静かな語り口で、イネのオムマが答えた。そうしてふたたび、竹の骨しか残っていない団扇をあおいで、練炭の火を熾そうと懸命になった。彼女が母の要求を、どんなに淡々と受け容れたとしても、わたしの張り裂けそうな心には、何ら慰めにならなかった。「薄情だよ。非人間的だって」と、わたしは内心で叫んでいた。

とうとう稲妻炭の上に載せてあった炭火が、真っ赤に燃え上がってくると、彼女はその上に練炭を載せておいて、自分の部屋へ戻っていった。

わたしは「下の階」へ降りていった。胸が張り裂けるかと思われるくらい息苦しくて、じっとしていることができなかった。わたしはちょうど表門の外に用事でもあるようなふりをして、そそくさと表門の潜り戸の留め金を外した。その短い一瞬、わたしの横をかすめていく彼女の部屋から、まるで熱風が吹きつけて来るように感じた。表門の外に佇んで、わたしはいっときぼんやりと大通りのほうを見つめていた。それからふたたび潜り戸を閉めて、今度は反対側に彼女の部屋の熱気を感じてから、わたしの屋根裏部屋へ舞い戻った。わたしは自分が何をするべきかを、はっきりと知ることができた。彼女のために自分が何の力にもなってやれないことが、悲しくて辛いわけではなく、いまこそ彼女のために、もっとも決定的な勇気を発揮して見せてやれるようになったことがあまりにもうれしく、思い残すことはなかった。

わたしはヨスギみたいに、遺書めいたものは残さないことにした。わたしが自分から命を絶つ理由は、ひたすら自分だけの秘密として、自分の中へしまい込んでおこうと心に決めた。その決心ゆえにわたしは、自分が二十一年間を生きてきたことに見合うだけの成長を、一瞬のうちに遂げたような気がした。明日の朝になればわたしの母、わたしの家族たちが、笑顔で死んでいったわたしを発見することになるだろう。

真夜中に救急医療センターへ運ばれてきたわたしに、胃の洗浄をさせてから、医師は額の汗を拭いながらこんなことをつぶやいたという。「さっぱり、訳がわからんなあ。どうして元の色とちっとも変わっていない薬が、口から飛びだしてきたりしたんだろうか」と。医師には打ち明けなかったけれど、わたしは医師よりも先に、自分の命を生かしてくれたのは、笑いだったと信じている。食道を経て胃腸と十二指腸と小腸に至った丸薬を、たどってきた通路へふたたび、あんなにもそっくりそのまま、綺麗さっぱりと逆戻りさせた力というのは、笑いしかなかった。笑いはちょうど、トウモロコシが爆ぜてポップコーンになるように、赤い丸薬を口の外へ弾き返したのだった。

四日ぶりに三十七個の酸っぱい梨熟〔皮を剥いて茹でた梨を煮立てた蜂蜜に漬けたもの〕――その悩殺するような酸っぱさは意識を洗浄してくれる――ばかりを食べて、わたしは恢復した。臥せっている間、わたしは一度だって彼女のことは考えなかった。一時的な痴呆症に似た症状だった。

妹からイネのオムマが引っ越していくということを聞いても、わたしには何の感慨もなかった。死んだ感じが蘇ってきて、妹が話したことを思いだしてみたわたしが、わなわなと震える脚で梯子を下りていったときには、イネのオムマは疾うに引っ越していった後だった。

紐とか紙切れ、釘といったものが散らばっているばかりで、年がら年中、陽射しのかけらも射し込まなくて、いつも薄暗い空き部屋を、ちょっと離れた場所からそっと覗き込んでいたわたしは、部屋の床にきらきら光る何かを発見して、部屋の中へ入っていった。わたしが腰をかがめてそれを拾い上げると、それきりきらきら光らなかった。それは乳白色をした、穴が四つ開いているちっぽけなボタンだった。散らばっているそれらのあらゆるものは、冷淡な裏切りをあらわにしていた。ああ、何と愚かなことだったろうか。何と虚しいことか。彼女のことが原因で身を焦がしたり、苛立ったりしたその心の迷いがすっかり覚めて、あらゆることがはっきりしてきた。考えてみるとわたしと彼女は、ろくすっぽ言葉を交わしたこともない間柄だった。

　手にボタンを持っているという思いもなしに、わたしは部屋から出てきた。

　こうしてまた一人の女性のモニュマンが、わたしの心の中の廃墟の上に建てられるのだった。

　玄関脇の部屋の新しい住人になった後家のおばさんは、ご主人も子どももいない独り身の、五十がらみの人だった。背丈が低くて尻が平べったくて広いそのおばさんは、三角に折りたたんだスカーフを、いつも頭にかぶっていたけれど、そばかすがたっぷりとばらまかれている丸顔には、表情がほとんど現れないので、心を読むことができなかった。そのうえ言葉数がきわめて少なくて、一つ屋根の下にひと月が過ぎるまで暮らしながらも、わたしたちはこのおばさんが、いつ頃出かけていっていつ頃帰ってきているのか、何をして生計を立てているのか、なぜその年齢になるまで独り身を通しているのかなど、何一つ知るところがなかった。わずかに一つだけはっきりしている点は、彼女が頭にかぶっているスカーフを脱ぎ捨ててチマとチョゴりで綺麗に正装して、分厚い聖書と讃美歌集とを重ねて持って教会へ出かけていくのが、日曜日ではなくて土曜日だということだった。

ある日のこと母は、台所の床に新聞紙を拡げておいて、ほうれん草の根もとを切り落としていたとき、勝手口の戸の前をいっぱいに埋めていた人影が、声もなしに額の上にかぶさってきたので顔を上げた。

「あいぐ、なんてこっちゃ、びっくりして腰を抜かすところじゃないか、この人ったら。咳払いをするとか、足音を立てるとかしたらどうなんだい」

母のけんつくを食らっても表情一つ変えなかった後家のおばさんが、まだ商標も剥ぎ取っていないアルミニュームのボウルを、いきなり差し出して言った。

「これをちょっと、召し上がってみませんこと」

「トウモロコシの粉じゃないの」

ボウルの中に七分余り入っている粉を、親指と人差し指でつまみ上げてこすってみる母の顔つきと来たら、歓んでいるというよりも呆気にとられていた。しばらくして母が、その粉末の出所と使い道を訊いてみようとしたときには、おばさんはすでに立ち去ってしまって、その場にはいなかった。

その後、後家のおばさんは、人がいようといまいとわが家の勝手口の前に、彼女が教会からもらったアメリカからの救援物資などを、声も掛けないで置いてから、サンタクロースさながらに消えていった。トウモロコシの粉末を初めとする残りのものたち、粉ミルクとか洗濯石鹸とかバターとかは、わが家の暮らしに少なからず足しになった。とりわけ粉ミルクは、いつも朝寝坊をする兄が、熱いお湯にたっぷりと溶かした一杯の牛乳で、朝ご飯の代わりにするにはうってつけだった。母は、「後家さんの体面を考えたって、いっぺんくらい教会へ顔をだしてやらなくちゃね」と言いながらも、条件をつけたりした。「日曜日に出かけていく教会をそっちのけにして、よりによって土曜日に出かけていく教会なんぞへ、行くこともないやね」と。母が土曜日にこだわるのは、それが単に曜日の問題ばかりではなかったからだった。鍾路四街〔四丁目〕のとある劇場の入り口で、タバコを売っている後家のおばさんが土曜日ごとにきちんきちんと店を閉めて、教会へ出かけていくことは別としても、金曜日の暮れ方から土曜日の暮れ方までは、いかなる仕事をしてもならないという、一日三食分のご飯だってあらかじめ炊いておくくらい、安息日に関わる規律がやかましいせいだった。

「それがねえ、どこの教会が、両手が腫れ上がるくらい働いたって、生きていけるかどうかっていうのに……」と、母がとても納得できないというふうに言うのも無理はなかった。母の立場からすれば、単なるだだっ広い青い虚空でしかない空に天国を求めるために、下宿生たちに冷たいお昼ご飯を食べさせるなどは、想像だにできないことだった。

そうこうする間にも、トウモロコシの粉末と粉ミルクは引き続き、母の心に負担の大きなお荷物を加えた。とうとう母は、空っぽの器だけを返すのが申し訳ないものだから、「お宅はなぜ、あたしに教会へ行ってみないかと、いっぺんも誘わないのかしら」と、自分から餌を投げてみた。

「あら、おばさんたら。そんなこと、ちっとも負担に感じることなんてありませんのよ」

と言って後家のおばさんのほうが、かえって気恥ずかしそうにした。

「信仰っていうのは、自分の心に変化が起きなくては生まれないもので、誰かに誘われたからって、生まれて来るものではありませんわ」

滅多に口を利くことがない後家のおばさんの、浅黒い顔がほんのりと赤く上気していた。それくらいになると母だって、たとえそれが空言だったにせよ、自分が言いだしたことにけじめをつけないわけにはいかなかった。

「暮らしていくことに精一杯で、心にゆとりがないものだからそうなんで、信仰を持ちたい気持ちだって、ないはずがないでしょ」

「だったら今度の週の安息日に、一緒に教会へ行ってみます？」

母の心の中を、信仰という名のもとによぎって通り過ぎた現世の苦悩、救いへの希求を見て取った後家のおばさんは、異常なまでに目をきらきらと光らせていた。それから四日後の、安息日のことだった。母にとっては零下に下がった気温のせいで、キムチの漬け込みとか練炭の買い置きなどの心配事で、この世を生きていくことへの悩みがよりいっそう深まってきたところへ、下宿生たちが脱ぎ捨てておいた洗濯物を、お昼時間前に洗濯して干さなくてはならないなど、さまざまな家事が息つく暇もないくらい押し寄せる、ほかのいつもとちっとも変わらない一日だった。

　母はきっと後家のおばさんとの約束を、綺麗さっぱりと忘れてしまっていたに違いなかった。冷たくてかじかんでいる手で、墨汁みたいに濃い汚水をだくだくと吐きだす、作業服を洗うのが手に余って、背後の人の気配にも気がつかなかった。後家のおばさんは、黒のホームスパンのオーバーコートをきちんと着込んで、手には分厚い聖書を入れてある、古い手提げカバンを持っていた。化粧をしているわけではなく、アクセサリーで飾り立てているわけでもなかったけれど、華やかな生気をただよわせていた。

　じっと排水口へ流れ込んでいく石鹸の泡を眺めていた後家のおばさんは、独りごつようにつぶやいた。

「シモンとアンドレーはどのようにして、自分に従いて来なさいというそのお言葉に、魚網をうっちゃることができたのだろうか」

　そのときようやく母は、肩越しに彼女のほうを振り向いて見たけれど、洗濯をしている手は休めなかった。

「いらっしゃいませんか？」

　後家のおばさんは母のセーターの裾を引っ張って、もんぺのゴムひもの外へ素肌をさらけだしている腰を隠してやりながら、丁寧な言葉遣いで数日前の約束を思い起こさせた。

「洗濯を途中でほったらかして、どうして行けますの。この次にしますわ」

母の答えはひどく投げやりだった。

「けど、その昔、シモンとアンドレーという人は、わたしに従いてきなさいというその一言に、漁をしていた網を投げだして、イェス様につきしたがいましたよ。そして、新しい生き方をする道へ、足を踏み入れましたわ」

「あたしだって、自分の目の前にイェスが現れて、そのように言われたら、すぐにでも従いて行きますとも」

作業服を揉み洗いするために、規則的に揺れ動いている母のお尻は、たとえイェス様が目の前に現れたとしても、とても停止などしないように見えた。

「おばさん、信じられないかもしれませんけど、イェス様は、見かけはわたしよりもっとみすぼらしい身なりをしているし、外見だって普通の人と、ちっとも変わったところのないお方でしたの。いまこの場に現れたとしても、いまの状態だったらおばさんには、見分けがつかないでしょうね。あの方が神の独り子であらせられることを、外見から判断して見つけだそうとしたものだから、人々はあの方を十字架に掛けて、釘で打ちつけたそうですわ。イェス様を見分けるためには、心の目を開けなくてはいけませんの。それから、あの方が歩んで行かれた足跡をたどって、一歩また一歩と新しい暮らしの道へ踏み込んでいく間に、イェス様はわたしたちの心の中に、少しずつ浮かび上がってきます。イェス様は十字架の上で亡くなられたことによって、かえって一瞬ごとに、わたしたちの心の中でふたたび復活なさるのです。人々がこの世の暮らしを通してつくり上げていかなくてはならない、もっとも気高い霊魂の一つの状態、それが復活されたイェス様なのです。だから、わたしたちがこの世を生きていく方法の如何によっては、めしいの心から泥土を洗い流して、イェスという驚くべき奇跡の光をかもしだすことだってできるし、めしいのままに死ぬことだってあるのです。したがって、わたしたちに与えられている暮らしというのは、大いなる試練であると同時に、歓びを産み出すための、永い永い苦闘の日々でもありますの」

いつの間にか母は洗濯の手を休めて、意外だというように後家のおばさんの顔を、ぽかんと眺めていた。そしてしばらくして、母はいささか心外だというように嫌味を言った。

「いまみたら、お宅ってそんなに話し上手なくせして、口をしっかりとつぐんでネコをかぶってたんだ」

「どうしたことなのか、わたしにもさっぱり訳がわかりませんわ。自分自身がお話ししたような気がしませんの。ご存知のように、わたしって口下手なんですもの」

顔を真っ赤に染め、自分でもどうなっているのかわからないといった風情ながらも、何がなし秘密めいたある確信から、彼女の表情はぱっと咲いた花のように明るかった。

不意に彼女は、石鹸だらけの母の手をむんずとつかむと、感激に震える声でお礼を言った。

「有難うございます、おばさん！　おばさんのおかげでわたし、口が利けるようになりました」

しばらくして後家のおばさんは、事情が飲み込めなくてきょとんとしている母をその場に残して、教会へ駆けていった。

教会へ通うようになることで、母の土曜日はいっそう忙しい一日になった。前の日に、安息日を迎えるための準備を完璧に終えて、朝のお祈りまでゆったりと済ませてから、すがすがしい気持ちでよそ行きの衣服に着替える後家のおばさんとは大違いで、教会へ一緒に行くために待っている後家のおばさんを、戸口の外に立たせておいて、大急ぎで顔にクリームを塗りつけ、衣服を着替える間にも、母はさまざまな家事に雁字搦《がんじがら》めにされていた。

「蒲鉾は平たく切って、お醤油をちょっとかけてから軽く炒めて、後でネギを刻んで入れなくてはいけないよ。それから、真ん中の部屋のオンドルの練炭は取り替えたから、三十分ほどしたら焚き口の蓋を閉めるんだよ。忘れてしまったらいけないよ。慶尚道の学生さんは、十二時半に、お昼を食べに帰ると言ってたからね。お米だけちょっと、研いでおいておくれ。ご飯は、あたしが帰ってきて炊くから。それから……待てよ、何かほかに、言っておくことがあったんだけど。あたしのマフラー。あたしの手提げカバン。いやはや、あれもこれもこんがらかっちまって、とても生きた心地なんてしないやね」

表門の外まで出て行ってからも、母は突如として思い出したというように引き返してきた。

「ねえ、チョンエ、あたしの留守中に練炭を運んできたら、内側にきちんと積み上げておいて頂戴って頼むんだよ。代金は二、三日後に払うからと言って」このようにして、辛うじて家事万端から脱けだした母は、教会へ到着するとたくさんの信者たちと尻で揉み合って、てかてかと艶光りのする木製のベンチに腰を下ろした瞬間から、身も心も気だるくなってきて、つい眠りに襲われてしまうのだと言った。

　体面を繕って何とか目は開けていたけれど、意識のほうはうとうととまどろんでいるものだから、主イエスを称える力強い讃美歌の合唱も、信者たちのめしいの心とめしいの耳を開かせようと、熱情的に福音を伝える牧師の説教も、ただただ耳朶をかすめて通り過ぎて行くばかりだった。

　母から睡魔がすっかり逃げだす頃には、献金を集める勧士〔キリスト教の教会の職分の一つ。信者を訪ねて信仰心を深めたり、伝道したりすることを主な仕事とする布教師〕たちが、黒い献金袋がぶら下がっている長い棒を手にして、聖歌隊の軽快な歌声に合わせて信者たちの列の中へ分け入って来た。

　手提げカバンを開けて、百ファンにしようか、二百ファンにしようかという、その献金の額を思案することが、睡魔に酔っていた母の意識をしっかりと、夢からうつつへと引き戻してくれるきっかけだった。

「あたしって、教会へ行くといつでも眠気がしてくるんだもの、どういうことなのやらさっぱり訳がわからないね」

　帰宅した母は、出かけていくときくらい大急ぎで着替えをしながら、自分への言い訳を兼ねてそう言った。さっそく両袖をたくし上げて、取り組まねばならないたくさんの家事と、幾らにもならぬ食費で、毎日のように三つの食卓をととのえなくてはならない、苦しい暮らしが待ち受けているわが家へ帰宅した途端に、教会へでかけていたときとは大違いで、母の表情には緊張した生気がただよった。

教会へ通うようになってふた月と経たぬうちに、母の名は救援対象者の名簿に登録された。それは、信者の家庭訪問にわが家へやってきた牧師と伝道師を前にして、母が身の上の不幸を嘆き、涙を流したからだった。

「三度三度のご飯が食べられない境遇でもないのに、どうしてわたしたちが救援されるのよ？」というわたしの抗議を、母は「悪いことではない」と一蹴した。そしてつけ加えた。

「信仰さえ深かったら、子どもたちを留学させる道も、幾らだってあるそうだよ」

出かけて行ったりサボったりしていた教会へ、母が毎度欠かさずに通うようになったのは、そのことを耳にしてからだった。

あの真っ赤なジャケットは、救援対象者になった母が初めて教会からもらってきた、救援品の衣類の包みの中からでてきたものだった。

左右の肩口には大きく高いパットが入れてあり、袖の端にごてごてした飾りが施されていて気に入らなかった。けれども糸がしっかりしているうえ、ふわふわして温かかったので、袖を通さないでうっちゃらかしておくには勿体なかった。パットと飾りを剥ぎ取ったりしたら、それなりに着られそうに見えた。ひと晩石鹸水に浸けておいて、明くる日に取りだして洗濯しようとしたら、右側のポケットの中に入っていた一枚の紙切れが、濡れたまま遅れ馳せに見つかった。

紙切れには黒のボールペンで、ミセス・ウイリアム・ネルソンという名前と、住所が書き込んであった。アメリカ合衆国ネブラスカ州リンカーン市。書体はまるまっちい崩し字だった。太平洋の向こうの、見知らぬ土地に住んでいるとある女性が、よその国の見知らぬ土地に住んでいる誰かのために、自分が着ていた衣服を送ってくれるとき、紙切れに名前と住所をメモしてポケットの中へ入れておいた、その温かくもしみじみとした気配りが、わたしの心をしびれさせた。わたしはあるちっぽけな都市を想像することができた。四角い大理石で精巧にモザイクされた、大きくも小さくもないとある広場のど真ん中に、頬がげっそり削げ落ちて顎が濃い頬ひげの中に埋もれている、リンカーンの青銅の立像がありそうな、閑静で綺麗にととのった異国の一つの都市……濡れた手に濡れた紙切れを持ったまま、わたしはいっとき夢に浸った。

その紙切れをしっかりと拡げて、熱い熱い釜の蓋の上に張りつけておいた。洗濯をすっかり終えてから見ると、紙切れは乾いて枯れ葉のように丸まっていた。わたしはその紙切れを、妹の授業時間表が張りつけてある壁の、反対側にのりで張りつけておいた。

季節外れの冬の雨が、陰気くさい雨音をたてながら、耳もとへ染み込んできたある日のことだった。冬休みに入った下宿生たちは残らず帰省して、家の中はがらんとしてお寺のように静まり返っていた。空いている下宿生の部屋で、母はオンドルの焚き口に近い上座に、毛布をかぶって不足している眠りをむさぼり、わたしは、たとえ部屋が空いているとしても、下宿生たちの荷物がそのまま残されていたので、寒さをものともせず、厳冬の日々を屋根裏部屋で過ごしたいと、強がりを言っているところだった。

火の気一つない板のほうへ胸を押しつけて、『パンセ』を読んでいたわたしは、いつの間にか手から本を置くと、憮然とした面もちで窓の外を見つめた。がたごとと音をたてる窓越しに、風雨がたちこめる風景のほうへ、自分のまなざしをもたげたのは、にわかにこみ上げてきた自分を恥じる気持ちと、苦々しい悲哀のせいだった。

数日前にもわたしは、新聞からスクラップした求人広告を、西洋史のノートの間に挟んでわが家を後にした。都心のビルとビルの間の狭い路地で、スクラップした新聞の切れ端を開いてきょろきょろしていると、誰かがわたしを呼び止めた。左右に分けて髪を編み下げにした、子どもっぽく見える女の子が道を訊ねた。

「サムウォンビルってどこにあるんです？」

わたしが知らないとかぶりを振ると、女の子は何気なくわたしの傍を通り過ぎていったけれど、わたしは身動きできなかった。求人広告をしっかりと折りたたむと、まるで険しい世間の波を掻き分けていく海図みたいに手に持って、街角を折れ曲がっていくその女の子の後ろ姿が、まさに自分自身のそれだったからだ。

ほどなくわたしは、回転椅子の中に深々と埋もれたまま、デスクの上におかれているわたしの、取るに足らない履歴書をちらちらと見やりながら、口の中の仁丹を噛み砕いている、中年男の前に立たされた。彼はまるでテニスボールでも壁に打ちつけるように、ぽんぽんと言葉を投げつけてきた。

「タイプライターは打てますか？」

「打てません」

「速記はできるんですか？」

「できません」

「そろばんはどうです？　珠算もできないんですか？」

「はい」

「だったら、一体全体、何ができるんです？」

そうだった。仕事につかなくてはならないという、せっぱ詰まった希求だけで、わたしにできることというのは何もなかった。人生の非情なメカニズムの前で、わたしは背中に冷や汗が流れるのを感じた。

その後も引き続き、わたしは自分の後ろ姿を、目の前から消し去ることができなかった。せっぱ詰まった希求と冷や汗との間を、わたしは引き続き行ったり来たりした。わたしの自意識はその間、画鋲のように突き刺さっていた。じたばたすればするほど、悲哀は鮮血のように濃くなっていくばかりだった。

屋根をたたく雨音を縫うようにして、ふと、わたしの名前を呼ぶ声を耳にしたような気がした。空耳かと思ったけれど、表門に吊るしておいたちっぽけな鈴がちりんと鳴って、その呼び声と重なり合った。誰も、ましてや男の人が、こんなに激しい雨の中を、わたしを訪ねて来るはずもなかった。わたしは体を半ば起こしたまま、依然としてためらっていた。そうするうちに呼び声も、ちりんと鳴っていた鈴の音もぴたりと止んで、ひときわ騒がしくなってきた雨の音が、耳もとをいっぱいに埋めつくした。

ところが不意に、その声の男の人が誰かということに気がついて、わたしは愕然とした。下の階へ降りていくのが、そんなに遠い昔のことのように感じられたのは、初めてだった。これ以上ぐずぐずしていたら、彼に逃げられてしまうかもしれないという思いと、降りしきる雨に打たれている梯子を伝って、降りていって顔を濡らしたままで、髪を濡らしたままで、彼に会わなくてはならない惨めさが、わたしをまごつかせた。

とうとうわたしは、何ヵ月もの間、手を触れることさえためらってきた、壁よりもさらに高い塀を築いて過ごしてきた、屋根裏部屋の戸を開けて、下宿生たちの衣類とふとんと机と本立てなどが発散させる、男臭さを横切って外へ飛びだしていった。

彼は向かいの家の軒下で、雨傘の端っこを持ち上げて、ぼんやりとわが家を眺めていた。白いタートルネックのシャツの上から、重ねて着ているベージュのバーバリ、そのベルトで縛られているセピア色のバックルが、彼がわたしを見た瞬間、震えるようにがちゃがちゃと音を立てた。

わたしもやはり胸が激しく躍った。わたしたちはいっとき道路を間において、言葉もなしに見つめ合うばかりだった。彼が軍隊に入隊した後で、消息が途切れたその三年余りの年月が、さらにまたその間に、おのおのが味わったはずの変化が、その道路をすぐに狭めることを阻んでいた。雨傘の中に深々と顔を埋めている男の人が、わたしたちの間を通り過ぎて行った。その機会に彼がわたしのほうへ渡ってきた。

「わたしのうち、どうやって見つけたのよ?」

彼が差し出した傘の中へ入っていくと、三年の歳月が、馴染みのある彼の体臭の中へ埋もれてしまった。

「間違ってたかと思って、所番地をもういっぺん確認してみるところだったよ。お茶でも飲みに行こうか?」

彼を表門の外へ待たせておいて、わたしは門の中へ駆け込んだ。気が急いていたものだから、下宿生の部屋の戸を開け放って、眠り込んでいる母の枕元をまわって、屋根裏部屋へ上がっていく踏み台へ登る間も、その部屋から発散されているむかむかする男臭さは、わたしの嗅覚にはまったく感じられなかった。右足を高くもたげて、屋根裏部屋の床に足を降ろした瞬間、いまこの光景を彼がもしも後ろで見ていたら、という思いがかすめていくのと同時に、体がめっぽう冷え込んでいくようだった。わたしの体はすでに屋根裏部屋へ上がってきていたのに、むかむかする男臭さが鼻を突いた。心が白っぽく空になる、その静止の一瞬、わたしはある何かをはっきりと見て取った。それはいささかの自己欺瞞も許さない、生の恐るべき正面だった。

わたしは着替える気も、唇に紅を注す気も、髪の手入れをする気も、いっぺんに失くしてしまった。たとえ彼に何も気づかれなかったとしても、わたしは自分が許せなかった。

彼が軍隊に入隊する前日のことが、不意に思い出された。郊外の路線を伝って、忠清北道忠州市へ遊びに行ったときのことだった。彼が持ってきた小ぎれいにこしらえた日本風のお弁当の中に、わたしが生まれて初めてお目にかかる、赤っぽい木の実があった。わたしは、それが何かを訊いてみるのが嫌だった。いや、それまでは自分というものを思い切り大風呂敷を拡げて、彼に見せつけてきた自分としては、それが何かくらいは当然のごとく、知っていなくてはならなかった。わたしはその木の実を、ひょいと口の中へ放り込んだ。その味ときたら、途端に涙がでるくらい酸っぱいうえに、しょっぱかった。彼はわたしに気まずい思いをさせまいと、素知らぬ顔をした。

顔にはこれっぽっちも、酸っぱかったという気配を見せないで、その奇妙な代物を種ごとごくりと飲み込みながら、わたしは覚った。ああ、このままいくとこの人を、自分は持て余すことになりかねないだろう。わたしがつくりあげてきた、自分自身の恐るべき虚像が負担になってきた。アメリカ映画『スージー・ウォンの世界』に登場する、主人公のスージー・ウォンが着ていた黒のベルベットのロングパンツに白のブラウス、『草原の輝き』に登場するナタリーウッドの髪型を真似て、左側の髪の毛を右側の耳もとまで引き寄せてピンで留め、踵で弾きだすようにして歩く歩き方をするわたしは、自分ではなかった。

彼は軍隊へ入隊した後で、たびたび手紙をくれた。わたしはいっぺんも返事を書かなかった。そうする間に彼のことも、あの顔が赤くなるような恥ずかしいウメボシの記憶も、流れる時間の彼方へと押しやられ、いつしか忘れ去られていった。わたしは着ている衣服にコートだけを羽織って、家を脱けだした。わたしが姿を現すのを見て、彼は口にくわえていたタバコを手に取って、水たまりへ放り投げた。じゅっという音とともに、真っ赤な火花が水たまりに飲み込まれた。

「もう除隊だなんて、時間の経つのはほんとに早いわね？」

開いた傘の先端を触れ合わせたまま、わたしたちは肩を並べて歩いた。

「もっと早く除隊することだってできたさ。けど、ぼくが断ったんだ。特権階級はぼくの父親で、ぼくではないからな。いつから休学したんだ？」

「あなたが入隊した後に」

「理由は？」

「学費をこさえるのが難しくて」

「お兄さんから幾らか、援助してもらえなかったのか?」

わたしは言葉に詰まった。彼はわたしの兄が、ユーソム（USOM）へ勤めているものと思い込んでいた。わたしは彼にほんとのことを知られるのではと、密かに怖くなってきた。しばしためらった揚げ句、わたしは率直に打ち明けた。

「兄は失業者だったの。いまは市の関連のちっぽけな会社、じゃない、工場に勤めているけれど」

「ぼくの手紙は受け取ったね?」

「返事を書きたかったけれど、とてもそんな心境ではなかったわ」

「なぜだ?」

「とても説明できないわ。返事を書かなければ、あなたが自然と、わかってくれるものと信じてたの」

「いまでもそう思っているのかい?」

「そうね」

わたしは、過去にわたしが自分を閉じこめてきた虚像の監獄から、徐々に解き放たれつつあった。けれども、その断固とした振る舞いの背後に怖れが、ないわけではなかった。

「その理由って、何だい?」

彼が歩みを停めて、けれども目では頭の上にさしている傘の中の、ある頂点を見据えながら訊いた。

「一方の足の踵は地面につけているのに、もう一方は相手の背丈に合わせようと、踵をもたげて爪先で立っている、そんな違いとでも言ったらいいかしら。あなたの前にいるとわたしって、もともとの自分自身になれないんだもの。ウメボシをひと口で飲み込むような真似は、二度と繰り返したくないのよ」

彼と別れて帰ってくると、わたしは英韓辞典を傍に拡げておいて、手紙を書き始めた。

敬愛するマダム・ネルソン
敬愛するマダム・ネルソン

わたしはうめくように、その言葉を繰り返した。一度も会ったことのない異国の一人の女性に、いきなり「敬愛する……」で始まる手紙を、しまいまで書き終えた頃になってようやく、真っ黄色な湊みたいな泣き声が、喉もとが塞がるくらいどっと込み上げてきた。けれどもその涙は、痛くもあったけれどすっきりした気分にさせてくれた。

その日、兄は内庭の陽当たりのよい塀に背中を預けて、ひなたぼっこでもするようにして佇んでいた。兄の首は、負担になる思いを頭の中に一杯詰め込んで、とても支え切れないというように、地面に向かってがくっと折れ曲がっていた。兄は時たま顔を上げて仰向いて、にわかに陽射しが眩しいというように片方の目を閉じ、別の一方を細目にしたまま、いつまでも淡い陽炎越しに、遠い彼方の虚空を見つめていて、でてもいない洟をすすり上げながら、元のように頭を垂れた。

母は母で、勝手口と練炭置き場の間に渡してある洗濯紐に、所狭しと干してある洗濯物の間を、まるで隠れん坊でもしているようにでたり入ったりしながら、手直しを加えていた。兄と母は、三歩と離れていない距離に立っていながら、互いにそこにいないかのように振る舞った。

そのうちに突然、物思いから解き放たれたように兄の手が、赤地に黒の縦縞模様が入っている、長袖の開襟シャツの胸のポケットへ移っていった。

「母さん！」

母が白い枕カバーの前で体の向きを変えて、兄のほうを振り向いた。兄は、いざ母が自分のほうを振り向くと、狼狽の色を隠しきれなくて、胸のポケットへ指を突っ込んだまますくす笑いだした。

「おかしな子だよ」

「これをちょっと見て」

母の前へ近づいていって、兄が胸のポケットから取りだして見せたのは、名刺判の女性の写真だった。母は何気なしに、ちらりと写真を見やった。

「それって、誰なんだい？」

「もうちょっとよく見てよ」

「幾ら見たって、顔見知りの女の人みたいではないようだね」

「アメリカのテキサス州に住んでいるんだけど、故国からお婿さんを迎えたいんだって」

「それで？」

母の表情も声も、にわかに緊張してきた。

兄はまたしても、くすくすと笑いたてた。

「手紙でもだしてみようかと思って、さ。なーに、駄目でもともとじゃないか」

照れくささを紛らすために、兄は気にするほどのことではないという表情をつくりながら、写真を元通り胸のポケットへしまい込もうとした。

「待って。どれどれ、もうちょっとじっくり見せてもらうとしようか」

数日後に兄は、退社して帰宅する途中で文房具店へ立ち寄って、赤の菱形と紺の菱形で縁取りされている青の航空封筒と、雪のように真っ白なタイプ用紙を一束も買ってきて、屋根裏部屋へ上がってきた。

「おまえたち、ちょっと下の階へ降りてろ」

兄の顔つきがあまりにも真面目くさっていたので、わたしと妹は四の五の言わずに屋根裏部屋を明け渡して、梯子伝いに降りてきた。

それからというもの兄は、職場から帰ってくると、わたしとか妹が何か告げてくれることはないのかと、待ち受けてから問いかけてきたりした。

「ぼくに何か、届いているものはないか?」

「ないわよ」

兄の表情にはふたたび希望の火種を点そうとする人の、幸せな不安の色がかげり、そわそわと落ち着きのない振る舞いの中に、吉報を待つ心が込められていた。兄を除いた残りの家族が、その写真の件をすっかり忘れている頃、ジョージ・ワシントンの肖像画が刷り込まれている切手の力で、一通の手紙がわが家の郵便受けに投げ込まれた。

内容が気になる余り、封をしてある線に沿って、慎重に開封をこころみて断念した手紙を、母はわたしに差し出した。

「あんたが上手に剥がしてみておくれ」

こうしてわたしは、尖った針の先端で跡が残らないように、封緘を開けることに成功した。母がその手紙にざっと目を通している間、わたしは同封されている一枚のカラー写真をじっくりと覗き込んでいた。耳が舌みたいにだらりと垂れ下がっている、図体の大きな犬を前に座らせ、その後ろに立っている女の人は、名刺判の写真よりも幾らか老けて見えはしたけれど、同一人物に間違いなかった。腕の長いセーターを着たりせずに、肩から羽織っているだけだったけれど、その袖の先が犬の頭に届きそうだったし、腰にあてがっている右腕が肘までさらけだされ、手首につけている黒バンドの時計を際だたせていた。名刺判の写真では優しそうに見えたまなざしが、きつくて融通性に欠けるみたいに変わってしまい、にっこりと笑っているけれど、その表情はどことなく、すんなりと好感を抱かせてはくれなかった。犬と女の人の後ろには、青々とした芝生に囲まれている白い建物の玄関が見えたし、その玄関の右手には、ピンクの花を満開にさせたつばいものの木が見えるかと思えば、左手のシャッターが巻き上げられている車庫の前では、灰色の乗用車が一本のこんもりと繁った樹木の陰の中に潜り込んでいた。

芝生も建物も乗用車も、ペットの犬も時計も空も富裕なアメリカ、豊饒のアメリカをさりげなく誇示しているみたいだった。それなのにその写真は、気づかれないところに深い落とし穴を隠しているように感じられた。これは悪ふざけではなかろうか。すぐにも覚める夢。

手紙と写真を見終わった母が、独りごつようにつぶやいた。

「何となく面食らっちまうよ。たとえ道端で百万ファンの札束を拾ったとしても、この手紙よりは実感が湧くね。元通りしっかりと封をしておくんだよ」

封筒の内側に塗ってあった、接着性の強い糊のおかげで、兄は自分よりも先に封を開けて見た人がいることに、ちっとも気がつかなかった。

手紙を読み終えた兄の表情は、それまでと変わらず淡々としていた。少なくとも表向きはそうだった。夕飯を食べながらも兄は、会社であったちょっとした漏電事故のことしか話さなかった。

訝る余り母は、さりげなく兄の気持ちを探ってみた。

「それで、相手の女の人は、何と言ってきたんだい？」

「読んでみたら」

兄は開襟シャツの胸のポケットから手紙を取りだすと、母の前へ差し出した。母は手紙を読むふりだけをしていて、写真をもういっぺん覗き込んだ。

「顔だってこれくらいなら人並みに見えるけど、何が不足でこんな女の人が……」

晩方までずっと解けやらなかった疑問を、そんな具合に洩らしてしまった。

「最近の写真を、もう一枚撮って送らなくちゃね」

もしかしたら兄は、故意に無視しようとしているのかもしれなかった。事実を直視するならば、兄の前に横たわっているのは壁だけだったので、たとえ落とし穴に落ちるようなことがあっても、新しい突破口を用意してみたいのかもしれなかった。

「そりゃあ、あんただって、片方の脚とか片方の目とかが、不自由なわけではないんだから、気後れすることなんてないんだよ」

兄の意中を朧気ながら見て取った母は、考え直すことに決めたみたいだった。手紙が四、五回往き来する間に、わたしたちは嫁と兄嫁になるかもしれない女性について、断片的ながら身の上に関する事柄を、把握できるようになった。彼女の年齢は、兄よりも三歳上だった。ハワイへ移民した両親が死亡してから、遺産を整理してアメリカ本土へ移住すると、黒人を一人と韓国人留学生を二人雇って、ちっぽけなスーパーマーケットを営んでいたのだけれど、教会へは通っていなくて、映画を観るのが趣味だといった。

兄の結婚話は急速に進展した。兄への招請状と手続きに必要な書類の一切が到着し、兄は郷里の市役所へ、洞役場〔洞は市・面・区の下に位置する行政区画の単位〕へと駆けずり回りながら、手続きを始めた。そうする一方で、どんなことであれ技術を習得していれば、あちらに腰を据えるのに有利だという、職場の同僚たちの勧めで溶接技術の講習に通った。職場から帰宅して、手についている鉄錆を洗い落とし、夕飯を食べ終えると、倒れるようにして眠り込んでしまうのがせいぜいだった兄の日課は、新しい生き方へ変身しようという身もだえで、熱気が漲っていた。紺色の帆船が描かれている、牛乳色の陶磁器の容器に入っているシェービングローションを塗りつけ、ナルシスのようにやたらと顔の左右の頬をたたく、その昔の習慣も息を吹き返してきた。兄は彼女の誕生日にカードを送ったり、海苔と烏賊を買ってきて小包にして送ったりした。

兄がアメリカ大使館の指定病院へ、レントゲン写真を撮りに行く前日の夜、母は練炭置き場の屋根の上につくられている、醤油・味噌甕置き場へ上がって行って、井華水〔祈禱や漢方薬を煎じるのに使う早朝一番に汲んだ井戸水〕を汲んで供え、天を仰いで両手を合わせた。かつて兄が患った病気の痕跡が、レントゲン写真に映らないようにと祈ったのだった。

ビザを取得するための面接を前にしてからは、夜ごと真新しい井華水を汲んできて祈った。

母が気にかけているのは、兄の切り落とされた指のことだった。「手は膝小僧の間に、しっかりと隠さなくちゃいけないよ」と、頼んだりさえした。兄をPXの堅く閉ざされた戸口の前へ立たせておいて、いつまでも弄んできた亡霊でも息を吹き返してきたみたいに。

とはいえ、わたしが写真の中にちらりと垣間見たのは、そんなものではなかった。落とし穴は先方の、アメリカの地に隠されているとわたしは確信していた。あまりにも深すぎて、相手のすべてを不問に付そうとするような落とし穴。つばいももと芝生と乗用車とスーパーマーケットがある、そのおかげで満ち足りた豊かな将来を約束してくれるかのような、その目映さがわたしに本能的な警戒心を呼び起こさせた。

空港道路の両側に、遠くまで拡がっている金浦平野には、黄金色の波がたゆたっていた。牛車に乗せられていく兄と妹はその手に、羽根をばたつかせているバッタの群れをいっぱい詰め込んだ、サイダー瓶をつかんでいた。

兄は明洞のエスクワィヤーでオーダーメイドした靴と、払い込み期限がまだふた月も残っている、月賦の洋服で身なりをととのえ、内ポケットにはまだ顔を拝んだこともない花嫁にプレゼントするための、二重の金の指輪をしまい込んで、手にはスケッチブックほどの大きさのレントゲン写真を持ったまま、出国通路の前で列をつくって並んでいる人たちの、しんがりに並んでいた。兄は、見送りにきた従兄弟から手渡されたガムを、口の中でくちゃくちゃと噛んでいた。自動ドアが開いて閉まるたびに、列は短くなっていった。涙を流してまぶたをいっぱいに腫らした人たちが、手を振りながら見えない国境線の彼方へ消えていった。

順番が近づいてくると兄は、口の中でくちゃくちゃ噛んでいたガムを取りだして、母の手のひらに載せた。

「母さん、ぼくの息子の戸籍は、韓国で載せるからね」

息子が噛んでいたガムを、母はためらうことなく自分の口へ入れた。込み上げてくる涙をそのガムをむしゃむしゃと噛むことで、鎮めていた。

いよいよ兄の順番になった。左右に分かれて開くドアの前へ近づいていくと、兄はポケットから何かを取りだした。兄を飲み込んだ自動ドアが閉まる直前、わたしたちは黒のサングラスをかけている兄が、手を振っている姿を最後に見た。兄は、自分の前に迫り来るいかなる困難に対しても、見なかったように、前にばかり突進しようとしているように見えた。青々とした芝生に囲まれた白い建物と、栄養たっぷりで馬ほどもある大きな犬、明るく笑ってはいるけれど、どことなく目もとに鋭い蹄を隠しているような、女の人の姿をした落とし穴、その中へ怖れげもなしに飛び込むために。

とうとうわたしは、就職できた。それは兄が三本の指を失くしたことへの、償いというわけだった。

秋夕〔陰暦八月十五日、仲秋節ともいう。中秋のこと。先祖への祭祀が営まれ、墓地の草取りや墓参が行われる〕の頃、兄はカルビを手みやげに、婦人会長の息子さんのお宅を訪ねた。職場のことを訊ねるキム会長に兄が、事故に遭ったことを話した。

「わたしが能なしのせいで、きみにそんな迷惑をかけたわけか。お母さんには面目ない」と、金会長は何度も繰り返したという。兄が指を切り落とすことになったのは、自分の責任ででもあるかのように困惑しながら、金会長は妹さんが就職できそうなところを、積極的に当たってみて上げようと、約束したというのだ。

そんなことがあって一週間後に、わたしは独立門〔一八九六年に当時の独立協会が建てた門。朝鮮半島が清国の隷属から脱け出したのを記念して、いわゆる事大主義思想のもとに建てられたそれまでの迎恩門を取り壊し、同じ場所に建てられた〕界隈にある△△水道事業所の、総務課長を訪ねてみるようにとの伝言をもらった。タイピストの席が一つ、空いたというのである。

その日のうちにタイピスト学院への入学手続きを済ませ、文字盤と手の位置を憶えた。受講料をもうちょっと奮発して、一台のタイプライターを完全に独り占めにして、一日に十時間ずつたたきまくった。四日目にたどたどしいけれどもタイプが打てるようになったわたしは、△△水道事業所へ総務課長に会いに出かけた。

独立門と西大門〔ソウルの西方にあった正門の名称。正しくは敦義門。一九一五年に取り壊された〕の中間に、新しく建てられた三階建てのレンガ造りがあった。一階には銀行があり、二階と三階へ上り下りする階段が、銀行の出入口とは別途に建物の右手にあった。その階段の外には板切れに書き込まれた、みすぼらしい看板が縦に掛けられてあった。

　わたしは階段を上がっていった。黒い長靴を履いて、市役所の黄色いマークが胸の右側に描かれている、紺色のジャンパーを着た男たちが、群れをなして下の階へ降りてくるところだった。わたしはその中の一人に、総務課はどこかと訊いてみた。しんどい職場へ出かけて行く彼らのぺたぺたいうゴム長靴の音が、わたしに得体の知れない恐怖感を抱かせた。せっぱ詰まった希求、冷や汗……けれどもわたしには、自分の後ろ姿に縛られている暇などはなかった。

　三階には総務課と調整係が共用している、大きな部屋があった。学校の教室を思わせる、デスクがぎっしりと置かれている調整係では、水道検針の係員たちが検針カードを作成していた。水道計量器の蓋を開ける手鉤が、ところどころに目に留まった。

　わたしは北側の壁を背にして鉤の字形にデスクが配列されている、総務課へ行った。顎に黒っぽく髭を生やしてて、下腹が突き出ているでっぷりとした総務課長が、キム会長の名前を口に出したわたしに、椅子を勧めた。総務課長の隣の席には両頬を赤く染めた、タイピストが腰をかけていた。彼女がたたきまくるタイプライターの音は、フライパンで豆を炒っている音にも似ていた。彼女の指先には、見えない目の玉がはめ込んであるみたいだった。

　わたしの気持ちはようやく、不安におののき始めた。ふと、教員採用試験のときのことが思い出された。試験官たちの前で遊戯をして見せていて、後ろへばたんとひっくり返ってしまった先輩。屈辱的なことを正直な勇気で乗り越えようとする必死の努力。あのときのわたしは、何と愚かだったろうか。

南大門市場で買って履いているわたしの安物の靴を、じっと見下ろしていた総務課長が訊ねた。

「キム○○会長さんとは、どのようなご関係ですか？」

どこからかセメントの床の上で、鉄製の椅子をつかんで引きずる音がした。母が耳打ちしてくれた言葉が思い出された。誰かに訊かれたら、キム会長の従兄妹の妹だと言うんだよ。

「遠い親戚ですの」

「タイプは打てますよね？」

「はい」

「一分間にどれくらい打てますか？」

「百五十字くらいですけど」

「ミス・リー、ちょっと席を代わってみてくれないかな」

またしてもセメントの床の上を、鉄製の椅子をつかんで引きずる音がした。

「いっぺん、打ってみせてくれませんか？」

灰色のビニールのカバーがかぶさっている椅子は、頬が赤いミス・リーと呼ばれたタイピストの体温で生暖かかった。白いタイプ用紙をローラーに挟んでおいて、わたしは総務課長の顔を見た。

「何と打ちましょうか？」

「どんなことでも、思いつくままに」

わたしは文字盤をたたきまくった。背中を濡らしていた冷や汗が本物の汗に変わり、白いタイプ用紙にはおびただしい活字がタイプされた。

ゆびがさんぼん、ゆびこがみっつ、さんこのゆびの　ものがたり、さんぼんのゆび、さんぼんゆびの　ものがたり、さんぼんのゆびは　どこへきえたのか？

わたしのタイプを打つ音が、「豆を炒るような音」そっくりに聞こえるように、わたしは懸命にタイプをたたきまくった。一分間に百五十字打ちで不足なら、二百字打ちだってやってのけられるくらいの、真似事だってしてして見せる覚悟だった。やがて仰向けにひっくり返って、たとえスカートがめくれ上がろうとも、わたしはこの生き方にしがみついて、取り組んでいくだろう。たとえつんのめって転ぼうと転げ回ろうと、生きるということの前では可憐なくらい真っ正直なわたしの母、わたしの先輩、そのほかたくさんの、別の女の人たちがそうだったように。

これは、就職ができるかできないかということよりも、ずっと大切な問題だった。

「それまで」

わたしはローラーから用紙を抜き取って、総務課長の前へ差し出した。誤字だらけのタイプ用紙にざっと目を通して、総務課長がにんまりとした。わたしは彼の瞳の中に、わたしに媚びるような微かな揺らぎを見て取った。彼にはとても、わたしを嘲笑うことなどはできなかった。わたしは総務課長という大きな権力を持った人から、さらにはその背後にあるより巨大な権力から試されながらも、自分のほうがもっと強いということを感じた。彼らよりもわたしのほうが、もっと強いことを知った。なぜならばわたしの内面には、没落であれ、死であれ、泥濘であれ、深淵であれ、かの征服されざる生の永遠なる深み――あの身の毛もよだつような正面を、声も立てずにじっくりと見据えることができる、眼が開かれたからである。

「指が三本か、どういうことかよくはわからないけれど、なかなか意味深長だね」

わたしは顔を窓の外へ向けた。電柱と電柱の間をつないでいる電線に、二羽の黒い燕が並んで翼を休め、尻尾をぴんと立てていた。遠くない場所に餌でも見つけたのだろうか。総務課長はデスクの引き出しから、履歴書の用紙を取りだしてわたしに手渡した。出勤時間は午前九時、退社時間は午後六時と告げられた。わたしは建物の外へ出てきた。風もないのに、にわかにおでこがひんやりとしてきた。電線に停まって翼を休めていた燕たちは、すでにどこかへ飛んでいってしまって見あたらなかった。空が障子紙のように白っぽく見えた。わたしは歩きだした。歩道を染めている濃い街路樹の陰が、波紋を起こすようにざわついた。どうやらわたしの部屋の窓からも、梯子が外される気配だった。けれども、より多くの梯子で膨れ上がったわたしの未来は、たったいま始まったばかりだった。

遠いあなた

埃まみれの窓越しに、烈しい風が吹きつけている街をじっくりと眺めながら、ムンジャは手袋を片方、また片方とはめた。

洗濯のたびに縮んで、毛糸が固まってきて、小さくなるだけ小さくなってしまったので、彼女は手袋をはめた指と指の間を、ぎゅっぎゅっと押さえつけなければならなかった。何年か前にすでに流行が廃れている、毛糸を縞模様に編んだ手袋を、いまだにはめている人なんて、彼女の周りには誰もいなかった。手袋だけが流行遅れなわけではない。袖の先が薄っぺらに磨り減ってしまったオーバーコートにしても、夏冬の別なしに履いているサンダル風の短靴、ウエストが広くて丈は短く、足首がさらけだされて見えるネズミの糞のような色のスラックス、一面に毛羽立っているやぼったいソックス、引き出しから取りだして蓋を開けるたびに、染みついたお弁当のおかずの匂いがしたたか鼻をつくカバンなど、身につけているそれぞれがどれも、穴が空いていないのがめっけものという代物ばかりだった。

ムンジャのこうした身なりは、四十の坂に手が届くまで、オールドミスで知られてきた彼女の境遇を、ひときわ不憫なものに見せた。児童図書が専門のH出版社で、営業部や編集部などの部員をひっくるめて、ムンジャは一番の古顔だった。入社以来今日まで、彼女はひたすら校正の仕事ばかりを担当してきた。

編集部の定員は部長をふくめて七名だった。その間ムンジャ一人を除いて、ポジションごとに顔ぶれが数えきれぬくらい入れ替わった。大学をでたばかりの新顔であればあるほど、半年ともちこたえられなくて去っていった。出勤初日から、やれ椅子ががたぴしいうとか、トイレが汚すぎるとか、階段が急すぎるとかいった不満が一つずつ積み重なって、しまいには言葉の端々に「こんな会社、さっさとおさらばしなくちゃ。とても汚くてやってらんないよ」とこぼすようになったら、もちこたえてもせいぜいひと月かふた月だった。

ムンジャはそんな年下の同僚たちから、露骨に邪魔者扱いされていた。彼らにしてみれば、髪の分け目にちらほらと若白髪が見えるまで、何一つ業績といえる仕事もなく、一生涯勤めたところで大して勤め甲斐のない出版社で、しかも末席ばかりで十年も過ごしてきた、オールドミスの同僚が存在するということそれ自体が、プライドを傷つけることだった。

彼らの眼には、ムンジャが校正原稿を前にして背中を丸めているときは、彼女だけには見えないことのほか冷ややかな風が、渦を巻いているように思われることが少なくなかった。おまけに、彼女の顎の周りにはいつも鳥肌が立っていて、ざらついているように見えた。

昼食の時間に編集部の連中がどっと繰りだして行き、一杯のコムタン〈牛肉と内臓を煮込んだスープ〉と飯を腹に詰め込み、喫茶店へ寄り道してコーヒーまで飲んで、社へ戻って来てみると、熱い麦茶の入ったカップを両手で包み込んでいる、ムンジャが彼らを迎えた。すると彼らは、ムンジャのことが哀れに思える一方で、鬱陶しい気持ちになるものだから、何かの拍子に彼女のほうから声をかけたりすると、ついひどくつっけんどんに返辞をしたりした。

さりとてムンジャは、一度として気分を害した表情を見せることはなかった。自分より若い編集部長から時折、顔を背けたくなるくらい面と向かって、こっぴどく叱責されても、いつも言い返すことなくその叱責に耐え抜いた。同僚たちがそうしているように、社内の規則にも彼女は一言も不平をこぼさずに誠実にしたがった。同僚たちが口を揃えて社長をこき下ろし、会社の施設とか給料について不平不満を並べたてても、彼女ばかりは黙りこくって聞き流すばかりだった。

そんな彼女のことを年の若い同僚たちは、ムンジャが飯の種を失くすのを怖れて、用心深く振る舞っているものとばかり思い込んでいた。彼らはムンジャが惨めったらしく見えたり、哀れっぽく見えたりするたびに、それとなく自分自身に言い聞かせるのだった。

「ぼくも彼女みたいになるんじゃないかと思うと、気が気じゃないね。さっさとここをおさらばしなくちゃ」

ムンジャはいま、窓辺から自分の席へ戻ってきた。退社時間から二十数分も経っていたけれど、ほかの社員たちは席に腰を据えたまま、おしゃべりに余念がなかった。退社時間が迫るにつれ、ひとしきり電話のやり取りがあったけれど、それぞれに約束ができたらしかった。

ムンジャはカバンを取りあげると、部長のデスクへ近づいていった。部長がほかの社員を相手にしていた、雑談が終わるまで待った末に、お先に失礼しますという挨拶を残してオフィスを後にした。

階段を三、四段降りて来たところで、オフィスからミス・チェのはしたない陰口が、彼女にまで聞こえてきた。

「ほんとに気の毒な人よね。土曜日なのに、電話一本かかって来ないなんて」

「家へ帰ったって、歓んで迎えてくれる人もないだろうし」

「あら、どうして？　結婚はしていなくたって、家族はいるんじゃありません？」

「そんな、同じオフィスにいながらあんまりだわ。同じ女性同士なんだから、身の上くらいはしっかりと把握していなくちゃ」

「当人が教えてくれようとしないのに、どうやって調べるのよ？」

「もっともわたしだって、何人もの人を間に挟んでの又聞きだけど、ご両親は早くに亡くなって、お兄さんが一人いるんだけど、数年前にアメリカへ移民していって、そのときからずっと、身寄りのない境遇なんですってよ。苦労だって嫌というくらいしてきたし。いままでだって竜頭洞だかどこかに、賃貸している部屋のチョンセ金〔五六頁注参照〕が、全財産だって」

「おかしいわね、着るものを新調するわけでなし、お弁当だって毎度きちんと包んできているでしょ、それくらいつましく十年間も職場生活をしてきた人が、どうしてその程度しか蓄えができなかったのかしら？」

「おかしいもクソもないだろう。他人のことなど気にしたりせんと、ミス・チェこそ勿体ぶらないで、さっさと花嫁衣装でも着たらどうなんだい」

ムンジャは、もしかして彼らがたたいている陰口を、彼女が聞いたと知って気まずい思いをしまいかと、残りの階段を足音を殺してこっそりと降りてきた。道路へ出てきたら、思いのほか風が冷たかった。いつもは狭い路地に一、二台は駐車していて、通行人を困らせてきた乗用車なども見あたらなかった。道路の両側に軒を連ねている飲食店の店先も、平日なら出入りする客たちでひときわごった返している時間だったけれど、閑散としているばかりだった。どこかの店のひさしの釘が錆びついていたのか、トタン葺きの屋根の耳がめくれ上がって、板跳《ノルティギ》び〔シーソーのように中央に支点のある長い板の両端に人が立ち、交互に飛び跳ねて板を上下させる遊び。陰暦正月に若い女性たちが愉しんだ民俗遊戯の一つ〕でもするように、ばったんばったんいう音ばかりが、もっぱら風の強さを推測させた。

彼女は首筋がひんやりしてくると、コートの襟を立てた。会社の前の路地を抜けだしながら、彼女は考えた。

「わたしの人生って、他人の目にはそんなに惨めに見えるくらい、失敗だらけだったのかしら？」

そう思った途端に、訳もなく笑いがこみ上げてきそうな気がして、ぐっと唇を噛みしめた。自分が社の同僚たちと世間の人たちを、まんまと騙し通しているような気分がしてきたからだった。むろん彼女が世間の人たちの目から隠しているのは、みすぼらしい身なりの李道令〔韓国の国民的な古典小説『春香伝』のヒロイン春香の恋人。国王が派遣した暗行御使＝隠密検察官となり、春香を妾にしようと企む代官の悪行を裁いて春香を獄舎から救出する。隠密行動をするためにみすぼらしい身なりをした〕が、ドポ〔男が礼服として上衣のうえに羽織る袖が広くて長いコート〕の中に隠し持っていた馬牌〔李朝時代に官吏が公務で地方へ出張するとき、駅馬の徴発に用いた馬の絵が彫ってある銀製の標識。描かれている馬の数だけ馬の徴発ができる。転じて官吏であることを示す身分証明にもなった。日本的にいえば水戸黄門の印籠〕みたいなものではなかった。あるいはテレビとか映画で、貧しいヒロインが、調べてみたらどこかの財閥の総帥の娘だったといった具合の、お金持ちで地位の高い父親の隠し子というわけでもなかった。何というか、彼女としては他人に気づかれない自分の、心の中の奥深くに秘めた力強い状態、それを何と表現すべきかわからなかった。

ムンジャとしては流行を反映して、スラックスの裾が広くなろうと狭くなろうと、コートの丈が短くなろうと長くなろうと、あるいは社の同僚たちが自分をミスと呼ぼうと先生と呼ぼうと、椅子が傾こうと、社長の叱言が多かろうと少なかろうと、そうしたことはほんとにどうでも構わないと思われた。

いつだったか「校正博士」と自称する、わりあい年輩の女性が一人、新たに入社したことがあった。彼女は出勤して十日と経たぬうちに、隣席の男子社員が自分を「先生」と呼ばずに、「ミス」呼ばわりしたと激しい口喧嘩をした揚げ句、明くる日には辞表をたたきつけた。ムンジャは、男子社員の鼻先に拳を突きつけ、がなりたてる彼女を物稀しげにまじまじと眺めながら、このように思った。

「他人が自分をどのように呼ぼうと、それがどうしてこんなに大騒ぎするほどのことかしら」

元通りに自分の校正紙のうえに頭を垂れたムンジャは、顎を深々と隠したまま一人でにんまりと微笑んだ。

他人の目に自分が、救いようもなくみすぼらしく映るのを意識したときも、彼女は無言のうちに内心だけでこのように思った。

「そうよ、哀れに見えても結構だし、みすぼらしく見えても結構よ。あんたたちの好きなように思いなさいって」

また、ある日など、出勤して机の引き出しを開けてみると、使えそうな事務用品が何一つ見あたらず、ちびた鉛筆が一本と芯のないボールペンだけが、ぽつんと取り残されていることがあった。そんなときも彼女は、ちびた一本の鉛筆だけで辛抱するとか、自費で別のボールペンを買ってくるとかしても、決してそれらしい気振りは見せなかった。彼女は内心でこのように思っただけだ。

「いいわよ。構わないのよ。わたしのところに入り用なものがあったら、何でも持っていきなさいな」

よその会社へ移っていって部長に出世している昔の同僚が、給料をもっとたくさんださせるからといって、何度か彼女をスカウトしようとしたときも、ムンジャは断固としてこれを拒絶した。

「お給料の幾らかでも余分にもらいたくて、渡り鳥みたいに渡り歩きたい人は、そうすればいいのよ。けど、わたしは、そんなはした金なんかなくたって、生きていけるわ……」

日曜日とか公休日などの日直当番とか、その他の社内の雑用などをすべてさりげなく彼女に押しつけて、逃げだされたときも同じことだった。

「いいのよ。そんな、氷みたいに冷たい水でちょっとお掃除したからって、指がもげちまうわけではないんだから、逃げたい人は逃げてもいいわ」

むろんこれより何倍も不利で辛いことを押しつけられても、いつもと変わらなかった。彼女は自分にどんな過酷な荷物を背負わされても、決して腹を立てるとか溜め息をつくとかをしなかったし、逃げだそうともしなかった。彼女の逞しい精神は、まだ幾らだって重い荷物を背負えると言わんばかりに、つねにひざまずいていた。

とはいえ、H出版社の社員やその周辺の人たちの目には、ムンジャはただ「死んだようにじっとしている人」にしか映らなかった。彼らは誰一人として、ムンジャのそうした沈黙が「どんな状況、どんな条件のもとでも、自分は生き抜ける」という、絶対肯定的な自信からきていることを知らなかった。ましてやその自信が、自分たちの背丈を遥かに超えてきわめて高いところにある、何らかの存在と競い合いながら、数万里にもなる孤独の道を、たった独りで歩んでくる間に生まれてきたものだとは、夢にも思わなかった。

たとえそうだとしても、他人に泣き言をいうことだけは、ムンジャとしてもあまりにも耐え難かった。ほんとに夕刻までには、どんなことがあろうとも二十万ウォンをこしらえなければならなかった。

押さえつけられているような重苦しい気持ちで、ムンジャは公衆電話を探しながら歩いた。一人の若者が電話機にかじりついて通話をしていた。その若者の高笑いが、かなり離れているムンジャの耳にまで聞こえてきた。数日前、電話で頼んだとき、母の妹であるおばは確かに、はっきりとした口調で拒絶した。けれどもいまや、せっぱ詰まったムンジャとしてはもういっぺん、そのおばよりほかにすがりつく相手が見つからなかった。彼女の懐具合をもっともよく知っているうえ、時として急な入り用があるたびにおカネを融通してもらってきた友人には、まだ返済していない借金があって、これ以上すがるほどの厚かましさはなかった。

若者の通話は、際限なく時間がかかりそうだった。相手はさっさと来いと急かしているみたいだったし、こちらはボクシングのＷＢＣタイトルマッチの、衛星中継を見逃したくないから、いますぐには行けないという内容の通話だった。

若者の背後に並んで、冷え切った足で足踏みをしながら、ムンジャは向かいの高いビルのてっぺんのうえを急流のように流れていく、陰鬱な雲を苛立たしげに眺めた。風はおいそれと止みそうになかった。若者は自分の言い分が通ったことが満足らしく、タバコを取りだして一服つけ、口にくわえてから公衆電話の前を離れた。

ムンジャはまだ若者のなま暖かい体温が残っている、受話器を取りあげた。

「おばさん、また電話をかけちゃった」

それきりで、話すことは何もなかった。ざあざあという雑音ばかりがしばらく続いた。やがておばのほうが、「ちょっちょっ」といささか腹立たしげに、舌打ちをした。

「とにかく、ちょっと顔でもお見せよ」

涙が滲んで目の前が曇ってきたけれど、ムンジャは気張って、そうしなければ気が済まないかのように、誰かが電話機の台の上にした落書きを、爪で消してはまた消した。

毎月幾らかずつ取り立てていく金額のほかに、時としてハンスが少なからずまとまった金額を要求してきても、ムンジャは一度だってその理由を訊いたことがなかった。かえって金を受け取ってふところへしまい込みながら、不安に駆られたハンスのほうが自分勝手に怒りだしたりした。

「糞っ、俺は何も、こんな真似がしたくてしていると思うのか。いまに見ておれって」

彼はいつだって、今度ばかりは間違いないと前置きしながら、鉱山に資金をだしてくれるかもしれない有力な投資家に会うので、急に金が必要になったと言った。ムンジャにとって彼の話の真否など、どちらでも構わなかった。オクチョを彼が育てているからには、彼を手助けすることでオクチョにも、間接的に手助けになると思うからだった。

たとえ今回も彼がびた一文も生活費を入れずに、金遣いが荒かった昔みたいにそれを一夜の飲み食いに使い果たしたとしても、やはり構わなかった。ムンジャはもはやそんなことで、これまでみたいに心が傷ついたりはしなかった。ハンスは彼女に千個の傷をつけただけで、彼女が自力でその傷痕をこらえて立ち上がったいまとなっては、彼はもはや彼女の心の中から消え去っていった、何者かでしかなかった。彼が情け知らずの刃のように、彼女を斬りつけた傷の一つ一つをこらえて立ち上がるたびに、ムンジャの意識はまるで、荷物を載せてはまた載せるその間に、自分の内部に荷物の重みに耐えぬく、永遠の力を導きだした不死のラクダのように鍛錬されていた。

ところがハンスは、ムンジャの周辺の人たち同様に、そうした事実にこれっぽっちも気づいていなかった。ハンスは、愚かなまでにお人好しだと思い込んでいたムンジャを、ただの一度だけ「おっかない女」だと思ったことがあった。なぜそう思ったのか、その理由は自分によくはわからなかった。

ムンジャがオクチョを生み落として、ひと月にもならない頃だった。ハンスは妻をけしかけて、ムンジャからオクチョを取りあげさせた。妻との間に男の子と女の子が一人ずついるハンスが、いまさらムンジャに生ませたオクチョまで欲しいと思うはずはなかった。オクチョを引き取ることでハンスはムンジャを、いつまでも自分につなぎ止めておけると計算したのだった。

引き取ってきた赤ん坊を降ろしながら、ハンスの妻は顔を上気させて言った。

「呆れてものも言えなかったわ、女のくせして家の中をあんなにだらしなくして暮らしているなんて、まったくろくでなしだもの。のっけからこっちの怖さを見せつけておこうと、家具の一つもぶち壊してやるつもりだったけれど、目に留まるものがないじゃない。幾ら家具がないにしたって、姫鏡台すらない女なんてわたし、初めてお目にかかったわよ」

ハンスの妻は口ではそう言ったけれど、実をいうとムンジャの家財道具なるものが、キャビネット一個でしかなかったのを見て、内心では少なからず安心したのだった。かねがね夫から、何もなしに暮らしていると聞かされてはいたけれど、まさかそんなことがと、彼女は半信半疑だった。なぜかというと、夫が鉱業所の所長を勤めて羽振りがよかった頃、札束を入れた封筒や、高価な手みやげを持って訪ねて来る業者たちが、門前に市をなしていただけに、彼がその気になれば幾らだってムンジャのほうへ回してやれたからである。

そこでハンスの妻は、夫のおかげで思いもよらないミンクのコートとか、鰐皮のバッグとか、宝石の類を身につけるたびに、もしかしたらあの女は自分よりもっと素晴らしいものを、もっているのではなかろうかという疑念に駆られるので、それとなく夫の本心を確かめてみたりしてきたのだった。そのうちにハンスは、鉱業所を退職して、自営してみようとタングステンの鉱山を一つ買い求めた。そうして蓄えてあった動産と不動産はいうに及ばず、自宅から先祖の墓地まで売り飛ばして鉱山に注ぎ込んだ。三度の食事にも事欠くようになり、自分に残された最後の宝石まで人手に渡さねばならなくなったとき、ハンスの妻は、自分だけがこうして無一文になるのではなかろうか、あの女は相変わらず宝石を身につけているのに、自分だけが乞食も同然に落ちぶれるのではという思いで、いまさらのごとく内心をぐらぐらと煮えくり返らせていたのだった。

兄嫁から借りたミンクのコートを着込み、鰐皮のバッグで飾り立てて、竜頭洞のどぶ川のほとりにある、犬潜りを思わせるちっぽけな潜り戸を押して入っていき、一目でムンジャの暮らしぶりの中身を読み取ってしまった彼女は、これまでいたずらに胸を焦がしてきたかと思うと、ばかばかしくもあれば虚しくもなった。夫がくれてやったとおぼしきものなどは、ほんとに何一つ目に留まらなかった。自分の家ではいっとき部屋ごとに一台ずつおいてあった、どこにでもあるテレビさえ一台もないのを見れば、夫の彼女への愛情なんて高が知れていることは明らかだった。

ところがハンスの妻は、母親がおとなしく乳飲み子を差しだしたのかと夫から訊かれると、鷹のように目を恐ろしく吊り上げた。

「おとなしく差しださなければ、あの女に何ができるって言うのよ？　戸籍にも載っていないくせして、他人の子を産んでおいて、言い分があるなんて言いだしたら、それこそ厚かましいわよ。とにかく涙の一滴も見せずに、子どもの顔ばかり黙って覗き込んでいて、一言だけ口を利いたわ。子どもには真夜中に目を覚まして、夜泣きする癖があるから、そんなときはスプーンで麦茶を二、三回、飲ませてやって欲しいって」

ハンスはそのことを聞いた瞬間、妻の耳には入らぬように「とにかく、とんまな女なんだから。おのれの腹を痛めて生み落とした子なのに、よくもまあおとなしく取りあげられるもんだな？」とつぶやきかけて、ステンレスの金串でみぞおちを突き刺されたように、口を閉ざした。にわかに、ムンジャの言葉を発しない静けさが、肝を冷やさせる何らかの衝撃となって、ハンスの胸にぐさりと突き刺さったのである。

十年前、ムンジャが自炊暮らしをしていた部屋へ、ハンスが初めて出入りするようになったのは、真冬のことだった。ことのほか雪がよく降ったその年の冬を、ムンジャはほとんど屋根の上で暮らさんばかりにして過ごした。雪が降り積もったままにしておくと、その雪解け水がいつまでもコンクリートの屋根に溜まり、しまいには天井に染み込んできて、ところどころで水漏れがした。屋上へ上り下りする梯子もお粗末だったうえ、高圧線が長く延びていて危険きわまりなかったけれど、ムンジャは雪下ろしのために十能を手にして、まるで羽根でも生えているように、屋根の上へ上り下りした。食堂の経営者だという家主の夫婦が、にたにたしながら母屋の板の間に突っ立って、見せ物よろしくその様子を眺めていようといまいと、彼女は赤く上気した顔をして、まるで踊っているように軽々と十能で雪をすくい上げ、屋根の下へ放り投げた。たまたま通りすがりの人が、泥水が跳ねたと腹を立てると、飛ぶようにして屋根を降りて行き、通行人のズボンの泥水を拭き取ってやり、満足してもらえるまで何度も謝罪してから、またふたたび屋根の上へ戻っていったりした。

それから、納屋と変わらぬムンジャの部屋の台所には水道がなかったので、母屋の庭先にある水道からそのつど、水を汲んできて飲んでいた。しかも母屋の庭先へでて行くには、台所の裏口からでて、高くて急な階段を下りていかなければならなかった。それまで間借りをしていた女たちには、その階段は死にきれなくて上り下りする、屈辱の階段と思われていた。それというのも、住人である貧しい女たちは、彼女らが両手で水桶を下げて、うんうん言いながら階段を上がってくるのに、家主の女房がにたにたしながら自分たちの後ろ姿を眺めているのが、何よりも嫌だったからだ。

ところが、同じく間借り暮らしをしている身でありながら、ムンジャは彼女たちとはまるきり違っていた。彼女が裏口の前へ現れたときに見ると、まるで何か愉しいことをしていて、それを中断して出てきたみたいに、いつも両頬が赤らんでいた。ときには彼女は、両手で水桶を下げていることも忘れて、階段の踊り場に立ってしばらく空を見上げていたりした。その後には両頬の赤らんだ色が、内側から明かりを点したようにいよいよ濃くなってきた。彼女が階段を下りてくる姿というのは、ちょうど体内に宿している瑞々しい生命のバネが、音階を踏んでいるように見えた。

だからその階段は、その上にあるきわめて神秘的で麗しい世界を、彼女だけがわがものとするために、外側に現れた部分をことさら粗悪に造り上げているように見えた。

家主とその家に間借りしている普通の家族たちは、ムンジャが早朝から階段の踊り場へ出てきて、えがらい煙を吸い込みながらも、練炭用のかまどに愉しげにうちわでぱたぱたと風を吹き込みながら、ときには鼻歌までうたっている光景を、たびたび見かけることができた。それもそのはずで、そのかまどの焚き口からは水が噴きだしていたからだった。

かまどばかりではなかった。屋根といいオンドルの煙道といい、修理して欲しいと言ってもよさそうなものだけれど、ムンジャが自分で処理してしっかりと辛抱していると、家主はそれを有難く思うどころかかえって彼女に、水道料から光熱費まで途方もない料金を吹きかけた。それでもムンジャは一言も抗弁しようとはせず、請求されるままにおとなしく支払った。まるで金銭的にかなりの余裕があって、それしきのことなど気にもならないかのように。

そのせいで同じ家に間借りをしている女たちも、ムンジャの暮らし向きがうわべよりずっと、内証が豊かなのだろうと推測した。ある日のこと彼女らは、示し合わせて不意にムンジャを訪ねてきた。部屋の中を注意深く見回すと、雨水が染み込んだ天井はペンキが剥がれてひらひらしているうえ、錆びついた把っ手がついたキャビネットのほかには、これといった家財道具など何一つなかった。彼女たちとしては、ムンジャの両頬を染めているほんのりとした紅潮と、歌を体に絡みつけているようなあの、潑剌とした生気が果たしてどこに由来しているのか、なおのことわからなかった。彼女たちはムンジャが水道端へ出てきてから立ち去った後に、香りの高い花でもって胸元をぎゅっと押さえつけてから離したみたいな、そんな感じをどのように説明したらよいのかわからなくて、彼女たちの誰かが人差し指で頭が狂っているという仕草をして見せると、それに全面的に同意するというように皆が爆笑した。

　彼女たちがすでに確認したように、ムンジャは人並みはずれた何かを持っていたわけではなかった。彼女としては何をするときも、そのことをしながら愛する人のことを思っていただけだった。豆モヤシの根をむしり取るときも、練炭の火を起こすときも、屋根の雪下ろしをするときも彼のことを思うと、どこか高い場所にともし火を吊るしておいたように、心の隅々が温もって明るくなってくるのを感じた。その温もりと明るい光が体の外へ滲み出ていって、頬を赤く染め肌に生気を溢れさせることを、彼女自身はかえって覚ってはいなかった。

　ハンスが彼女のところへ足を運ぶのは、せいぜい日曜日の晩くらいだったけれど、彼はいつだって彼女の部屋の棚の上に吊るされている、ともし火にほかならなかった。市場で品物の値引きを交渉していても、彼女は「もしも彼がこのことを知ったら」と思って、値引きを止めたし、他人と言い争いかけても、彼のことを思いだすと憤怒がじわじわと萎んでいった。

このようにして月曜日、火曜日……土曜日を過ごしている間に、彼女は彼の存在自体を少しずつ錬金させ、やがて日曜日になったときは彼女の手が届きさえするだけで、手が触れるものは何であれ金色に染まっていった。

ムンジャは彼がまだドアをノックしないうちに、早くも彼の跫音を聞きつけ一足先にドアの外へでて、彼を迎えた。彼女が彼の上衣を脱がせると、その上衣は金色に染まった。靴下を脱がせるとこれもまたそうなった。温かいお湯を入れたたらいを運んできて、彼の足を洗わせると、その足までが金色を放った。

彼女が彼のために支度した夕食は、貧しい者が一週間かけて、目の粗いたわしと濡れ雑巾で懸命に床の拭き掃除をして稼いだおカネで、聖殿の前で点すロウソクを買い求めるようにして、支度をしたものだった。

ハンスは彼女が、肉を箸でつまみ上げてくれるたびにあんぐりと口を開け、肉を入れてもらって食べるばかりで、自分が彼女の口の中へ肉を入れてやろうとは、一度も考えたことがなかった。ハンスという男は鈍感で利己的だったから、部屋中に溢れ返っている金色が見えなかった。じっとしていてもその沈黙こそが、歌であることに気がつかなかった。はなはだしくは彼女の体に触りながらも、よく熟れた果肉が発散させるような香りが、自分の手の指についていることも知らなかった。

彼はまるで無一文の飲んだくれが、ひょんなことから安酒を見つけてからも、ほんとうにそれが安酒なのか疑わしくて、しきりにポケットの中の有り金を数えてみるように、彼に与えられるだけのものを与えても、果たしてムンジャが満足し、自分と暮らしてくれるかどうかを知りたくて、絶えず探るように目を光らせた。彼にはすでに妻子があったから、彼がムンジャと一緒に過ごせる時間は彼が計算しても、妻に気取られない程度に限られていた。彼はまた、与党所属の国会議員の秘書という、もっともらしい肩書きをもっていたけれど、収入は取るに足らなかった。そのため彼には、ムンジャに生活費の援助ができるほどの甲斐性はなかった。

彼はムンジャから、どんな要求もされたことがなかったのに、常日頃から、自分がしてやれる限度を越えた要求をこの女がしてきたらどうしようかと、不安に駆られていた。彼はムンジャが化粧もせず、身なりも整えず、家の中に値の張る家財道具なども買い入れようとしないのを見て、欲のない性格だと見抜きながらも、依然として警戒を怠らなかった。

そんな時期に彼が仕えていたK議員が長官（大臣）に抜擢され、K長官の後押しで大学の鉱山学科出身のハンスが、半官半民の天国鉱業所の所長に任命された。

彼のいまの収入は、ムンジャに正式に別宅暮らしをさせることができるくらいになった。彼は素晴らしい新築の家を買って引っ越していき、妻と子どもたちには高価な衣服を着せてやり、じっとしているだけで身の回りの世話をしてくれる人たちからかしずかれたうえ、果物とかケーキとかはとても食べきれなくて、カビが生えるくらいふんだんに贈られた。

それなのに彼は、ムンジャには何一つ分けてやらなかった。一個のりんご、一個のみかんさえも。ときとして彼はムンジャに届けてやろうと、何気なしに果物の籠を一つ手に取っては元に戻した。いったん彼女に何かを与え始めたら、ひょっとすると際限なしに、要求の手を伸ばしてくるのではと怖れたのだった。

ムンジャは相変わらず彼に何一つ求めなかった。家主が部屋代を値上げすると、彼女は自力で不足分を補おうと努めた揚げ句、部屋を引っ越した。その間に物価がかなり値上がりしていたので、ムンジャが彼にこれまで同様の夕食の支度をしてやるには、自分が一週間に要する生活費の、より多くを割かなければならなかった。彼女は、会社への出勤に二度は乗らねばならないバスを一度に減らして、残りの距離は歩いた。それからお昼ご飯も、インスタントラーメンで済ませた。

あべこべにハンスの体は、日増しに脂ぎっていった。彼はムンジャを訪ねてくるたびに靴を履き替えていたうえ、ワイシャツとネクタイとカフスボタンと肌着までが変わっていた。むろん洋服も、さまざまに増えていった。

ある日のことムンジャは、時計を見て寝床から起き上がろうとする、彼の肌着の裾をしっかとつかんで、「行かないで。せめて今夜だけは、一緒にいて下さいな」と哀願しながら、彼の背中に顔を埋めた。けれどもじきに、つかんでいた肌着の裾を力なく放した瞬間、どっと涙が込み上げてくるのを辛うじて堪えた。

以前はムンジャの手が触れる、一つ一つが金色に染まったものだが、いまでは彼女の胸が張り裂けそうになることが少なくなかった。彼女は、彼に着せてやろうとハンガーから背広を降ろし、その内ポケットに突っ込まれている分厚い札束を見ても喉が詰まった。風呂敷に包んで部屋の片隅に寄せておいた彼の靴を取りだしたとき、靴底に刻み込まれた高級紳士靴のラベルを見てからも、胸が塞がれる思いをした。

彼女の心の中では果てしなく津波が起こり、稲妻が走り雷鳴がとどろき、暴風が襲いかかり、この世の終末を思わせる日々が続いた。誰もいない川岸とか深い山奥へ行って、声の限り泣きだしたい悲しみが、彼女の両頬から次第に、ほんのりとした紅潮を奪い去っていった。

またしても家賃が値上がりしたため、日がな一日部屋探しに歩き回ってからの帰り道に、ムンジャは二本の焼酎を買い求めた。酒のつまみもなしに一気に二本の焼酎瓶を空にしてから、彼女は気を失った。目を覚ましたとき彼女は、自分が目映いばかりの朝の陽射しを浴びながら、どろどろした汚物の中に転がっていることに気がついた。

新たにまた涙が込み上げて、目の前が霞んできた。彼女は歯を食いしばった。そのとき彼女の心の中で、一頭のラクダがむっくりと体をもたげて起き上がると叫んだ。

「苦痛よ、さっさとわたしを突き刺すがいい。お前の情け容赦のない刃が、わたしをずたずたに切り裂こうとも、わたしは生き抜くわよ。脚で立つことができなければ胴体ででも、胴体がだめなら首だけででも。いまよりも厳しい苦痛の中に立たされようとも、わたしは決して降伏しないわよ。彼がわたしにもたらした苦痛に、わたしはとことん彼を愛することで、報復するつもりよ。わたしはどこへも行かずに、この一つ所で与えられたそれだけでもっても、生きていけることを見せつけてやるつもりよ。そう、彼にばかりかわたしにこんな運命を背負わせておいて、わたしが耐えきれなくて悲鳴を上げたら慈悲を垂れようと待ち受けている神にも、わたしは立派に仕返しをするつもりよ！」

会社へも出勤できずに、彼女はまる二日間、患って臥せった。その翌日は日曜日だった。ムンジャは床を払って起き上がり、何事もなかったように彼を迎えるために風呂に入り、市場へ行って来て銀杏の実の皮を剥いた。

その日の夕刻、彼のネクタイを受け取ってハンガーに掛けようとして、ムンジャはそこに刺してあったネクタイピンを見つけた。けれども彼女の気持ちは、数日前ほどには動揺しなかった。いよいよ彼女は心底から、彼が身につけているすべてに対して無関心になってきたのだった。彼が享受しているあらゆるものが、もはや彼女とは関わりがなかった。

ムンジャはただひたすら、淡々とした心持ちで傍観するばかりだった。彼の果てしのない欲望が、彼の家の門前に市をなす業者たちの贈り物の包みと、札束を入れた紙袋を踏みつけて、どんどん膨れ上がっていくさまを。

ある日の明け方ラジオとテレビから、ベートーベンのシンフォニー「英雄」の第二楽章が、繰り返し流された。戒厳令が布告され、続いて国会と内閣が解体された。そんなことがあってふた月と経たぬ頃だった。ハンスは無精ひげを生やして憔悴しきった顔で、よろめきながらムンジャの前に現れた。体を支えていられないくらい泥酔していて、床の上に寝転がった彼から、ムンジャは一枚また一枚と着ているものを脱がせた。すると突然、ハンスはムンジャの衣服の裾をつかんで引き寄せ、しゃがれた声で喚きだした。

「おれはもう、ただの人だ、おれの家の前から人の姿は、跡形もなく消えてしまった。けど、おまえまでがおれを蔑ろにしたら、殺してしまうからな」

おばがお風呂を使っていたので、ムンジャは居間のソファーに腰を掛けて待たなければならなかった。彼女が腰を下ろしているソファーは、柔らかな羽毛座布団みたいだったし、アラビア風の分厚いカーペットが敷かれていて、足の裏までほかほかした。あらゆるものがふかふかしていて快適だった。

天井から吊るされている、白い網のように目を粗く織った紗のカーテン越しに、庭先の樹木が烈しい風に弄ばれているのが見えた。そこでは寒々とした外の天気までが、痛くて冷たいものではなくて、快適で甘酸っぱく感じられた。どんよりとした空に、徐々に墨色が滲んできた。浴室からタイルの床をたたく、爽やかなシャワーの音が聞こえてきた。ムンジャはにわかに背筋がぞくぞくしてきて、体にしびれを感じた。そんな自分に彼女はこう言い聞かせた。

「弱い人たちは自分の暮らしを、ふかふかしたソファーとカーペットと、金塗りのペチカと高価な絵画と快適なベッドの上に、築き上げるものよ。その後で、それらの物質のおかげで身についてしまった、快適な味に飼い慣らされて、彼らはじきに物質の奴隷になってしまうの。彼らが渇望しているものは、果てしなく手のひらで撫で回したおかげで、しっかりと撫でつけられた、馬のたてがみたいなものなの。けれどもわたしの意識のたてがみは、満足を知らぬまま常日頃から、烈しい風にそよぐことを渇望しているの」

キッチンのほうでスリッパを引きずる音がした。アジュムマ〔お手伝いさん〕がお盆にジュースの入ったグラスを載せて来た。

「お久しぶりね、アジュムマ」

「ちょくちょく遊びにおいでなさいな。お嬢さんは元気に育ってますの？」

「ええ」

「どうしてあんなに、おっ母さんにそっくりなのかしら？」

「どうしてそれをご存知ですの？」

「写真を見ましたもの。あそこに写真があるでしょ」

アジュムマは居間の片方の壁を指さした。ムンジャはアジュムマがキッチンへ戻って行くまで待っていて、飾り棚の前へ歩み寄った。五つになったオクチョが誕生日を迎えたので、ムンジャはハンスに頼んで子どもを連れてきてもらい、一日を一緒に過ごした。写真はその日、おばの家で撮ったものだった。

オクチョは従兄弟たちの腕に抱かれて、明るく笑っていた。トウモロコシのように歯並びのよい歯が、白さを通り越して青みがかっていた。ムンジャは写真を入れてある額縁を降ろして手に取ると、埃がついているガラス板を両の手のひらで拭いてはまた拭いた。

　ハンスの妻がわが子を引き取りに現れる数日前から、ムンジャは夜な夜なわが子を取り上げられる夢を見た。ときにはわが子を抱いて、黒マントを着た怪漢の目を避け、山へ野へと逃げ回ったこともあったし、またときにはすでにわが子を奪い去られ、正気を失くしたみたいに探し回っていて、目覚めたこともあった。目覚めてみると、夢の中で叫んだ自分の声とは思えぬ悲鳴の余韻が、なおも耳もとで渦を巻いていた。

　明かりをつけて、そのせいで目が眩しくて赤ん坊が、上まぶたをひくひくさせるのを確かめてからも、彼女は依然としてそれが夢ではないかと怖れた。

　赤ん坊を眺めてはまた眺めている間に、悪夢の幻影は遠のくのではなくて、ますます彼女を締めつけていった。すぐにも赤ん坊を連れて、見知らぬところへ逃げだしてしまいたかった。ある瞬間、不意にムンジャはひざまずいて、どこのだれともわからぬ相手に、涙混じりの声で哀願し始めた。

「そうしたら、どうしていけないのよ？　わたしはこれまで、あまりにも辛い思いをしてきたわ。生き延びることだけを残して、わたしはいつも素手で過ごしてきたもの。わたしの手は、何かを握りしめる癖を忘れてしまって久しいわ。けれどもこれからは、自分のお腹を痛めて生み落とした、血の繋がった赤ちゃんだけは、手放したくないの。慰められるのを拒むことが、いまとなってはあまりにも苦しいの！　苦痛が大きいのよ！」

すると彼女の内面で、またしてもラクダがむっくと体を起こした。

「おまえにはできるはずだ。たどりつくための高い目標を心のうちにもつことで、おまえには苦痛が伴うかもしれぬが、その苦痛がおまえを高いところへたどりつかせる、架け橋となるのだぞ」

それでもムンジャは、かぶりを振りながら、なおもうめき声を上げた。

ところがいまでは、わが娘の写真を見ても、ムンジャは淡々と微笑んでいることができた。タイルの床をたたいていた激しい水音が止んでから、浴室のドアが開かれた。熱湯の快適さにひときわ陶酔しているように、おばの目は焦点が定まらなくて、いささか朦朧としていたうえ、ミルク色の肌はほんのりとピンクに染まっていた。彼女はブラシで、上手に染め上がっているブラウンの髪を梳きながら、ソファーのあるところへ歩み寄ってきた。襟元がざっくりと切り込まれた絹のガウンの間から、まるで年齢を重ねることを停止しているかのように、つややして張りがあるように見える胸元が波うっていた。

ムンジャはオクチョの写真を、そっと元あった場所に戻しておいて背を向けた。

「オクチョはどうあっても、あの家にまかせておくつもりかい？」

はばかることのないおばの口ぶりは、必ずしもムンジャを責めているようには聞こえなかった。ムンジャは膝の上に両手をきちんと揃えて握りしめると、踏み固めてはまた踏み固めて、表面がしっかりと固まった土の表面のような表情になって、短く答えた。

「ええ」

「どうして？　あちらの家で手放さないと言うのかい？」

「いいえ、あちらは連れて行けって言ってますの」

「だったら好都合じゃないか。オクチョを連れ戻してきて、あの男とは縁を切るんだね。あの男はもう、運が尽きたんだよ。引きずれば引きずるほど、あんただけが馬鹿を見ることを知らなくちゃ」

「……オクチョを連れ戻すつもりはないの、おばさん」

「おまえったら、ほんとにおかしな子だねえ。自分のお腹を痛めて生んだ娘だよ、不憫だとは思わないのかい？」

「不憫だと思うわよ。それから、いますぐにでも連れ戻してきたいわよ。けれどもわたし、あの娘《こ》を連れ戻すことで自分を満足させたくないの。オクチョを手渡したとき、もうあの娘は、わたしの心から離れていったんですもの。だからといって、あの娘への愛情がないっていうことではないのよ。わたしがあの娘をいとしく思う気持ちは、そんじょそこらのオムマ〔＝ママ〕たちの愛情とは違うわ。こないだ、ジンギス汗のことを書いた伝記を読んだの。ジンギス汗は金国〔中国、女真族完顔部の酋長阿骨打が建てた国。一一一五～一二三四。遼・北宋を滅ぼし中国東北部・内モンゴル・華北を領有した。モンゴルと南宋の攻撃により滅亡〕を攻めてから、その見ず知らずの国の、見ず知らずの人たちの間に、わが子を見捨てて立ち去って行ったわ。ジンギスス汗を永遠の英雄にしたのは、わが子を見捨てることで愛までも踏みつけて通り過ぎることができた、その力だったみたいだわ。所有への執念と同様に、肉親もまた乗り越えられなくてはならない何かだと思うの。わたしったらまるで、誰かとひっきりなしに対決している、緊張状態のもとで暮らしているみたいなの」

「何を言っているんだか、さっぱりわからないね。ジュースでもお飲みよ。アジュムマ、わたしには人参ジュースをもってきて頂戴な」

ムンジャはおばの肉づきがよくて怠惰に見える手を、じっと見つめた。熱いお湯の中でふやけていた手は、乾燥してくると指先がしわしわになってきたうえ、青灰色のマニキュアの塗りも剥げ落ちて、まだらになっていた。遊び半分に指の爪で、マニキュアを掻き落としていたおばが不意に、まるで何かよいことでも思いついたように、甲高い声をだした。

「そう言えば、そうそう、それでなくてもこちらから、電話をかけようと思ってたんだけど、自分からきてくれたので勿怪《もっけ》の幸いだわ。あんたったらもう、いい加減に結婚したらどうかしら？　ふさわしい人がいるのよ。お嫁に行って、いまオクチョのアッパ（＝パパ）に尽くしているまごころの、半分のそのまた半分を夫に注いでやるだけでも、あんたは可愛がられて幸せに暮らせるはずよ」

まさかそんなことが言いたくて、自分に訪ねて来るようにと言ったわけではあるまい。ムンジャはじりじりしながら窓の外をうかがった。いまや庭先の木々たちまでが、墨色に変わっていた。ハンスはわが家へ向かっているかもしれなかった。

「どうなの？　そうしてみる？　歳は四十で子どもが二人いるけれど、お婆ちゃんと一緒に暮らしてるんですって。狎鷗亭洞のマンションを一軒、それから果川へ行く途中のどこかにも、牧場になるくらいの山をもっているそうよ。職業は弁護士だって。片方の目がつぶれているのが玉に瑕《きず》だけど、瑕ということではあんたにだって、それくらいの瑕はあるのだから五分五分ってとこね」

おばはムンジャから色好い返辞を期待したけれど、彼女は愁いに満ちた表情で窓の外ばかり眺めていた。おカネのことが心配でそうなのだろうと察しをつけたけれど、自分から先におカネの件を切りだしたくはなかった。おばは裂けよとばかりに大きな口を開けて、したくもない欠伸をした。気まずい思いの一瞬をそのようにしてやり過ごした。

欠伸をする声に、ムンジャは窓の外へ向けていた視線を、おばのほうへ戻した。欠伸をしたせいで濡れているおばの目もとを見た途端に、彼女は訳のわからない怒りを覚えた。けれども次の瞬間、彼女は自分の中のラクダがその怒りを、そっと踏みつぶして通り過ぎていくのを感じた。

「おばさん、お願いしたことはどうなりました？」

「おカネのことかい？」

「ええ」

「わたしにはないって言ったじゃないか。けど、アジュムマがわたしに預けてきたおカネでもよかったら、持ってお行きよ。利息を払わなくちゃならないけど、構わないのかい？　五分だよ」

「ええ、いいわよ」

それからもおばは、さっさと腰を上げようとはしなかった。爪の先でマニキュアを掻き落とすことに熱中しながら、彼女は相変わらずぶつくさと叱言を並べていた。

「あんた、わたしの言うことをいい加減に聞くのはおよしよ。母親の妹だという繋がりから、両の目が黒くてぴんぴんしているというのに、姪が結婚したわけでもない、さりとてしなかったわけでもない、そんなあやふやな状態で、一生を過ごさせるわけにはいかないだろ？　土の中にいなさるあんたのおっ母さんが知ったら、どんなにわたしを恨めしく思うだろうねえ？　それからあんたは、来る日も来る日もおカネの工面に追われるなんて、うんざりしないかい？　その弁護士さんのお嫁になってしまえば、パルチャ〔運、運勢、運命、星回り〕ががらりと変わるはずだよ」

「ええ、わかるわ」

すでにおばが自分の返辞など気にもとめていないと知って、ムンジャは相槌を打った。

「とにかく子どもの時分から、あんたの心の中には化け物が棲んでいたんだよ。歩いていく途中にぬかるみがあったら、回り道をして行かなくてはならないのに、あんたときたらぬかるみに足を取られながらも、回り道することを知らなかった強情っぱりだったんだもの」

「ええ、わかるわ」

ムンジャはムンジャなりに、別のことに気を取られていた。リビアを旅行してきた人が書いた文章に、こんな一節があった。


リビアでは国民所得が一人当たり一万ドルだった。人口は三百万人にしかならなかった。あの国の政府の絶対課題のうちの一つは、人口を増やすことだった。そこで政府は、多産を奨励する一方で、砂漠の奥地に住んでいる人々を、都市へ引き寄せるために札束で誘惑する。ふかふかしたカーペットと、エアコンと、ゆったりとしたベッドと、蛇口をひねれば水道から水がざあざあと溢れ出る家で、気楽に暮らせるようにしてあげるから、是非とも都市へ出てくるようにと呼びかけている。

ところが、砂漠で暮らしてきた遊牧民たちの、かなりの数がその誘惑を退け、砂漠のより奥深くへと入っていった。多くの人間は虐げられること、すなわち渇きをひどく怖れるものである。ところがこの遊牧民たちは、渇きしかない砂漠の中の、より深くへと分け入ったのであった。砂漠の渇き。石くれでさえ焼かれて砕け、砂と変じた死の土地。陽が昇ると天と地の間は、ピンク色の熱を持った霧のるつぼと化した。陽が沈むとその寒さもまた殺人的だった。砂漠の中の人間の、熱死と凍死から自分を守り抜くのは、彼の皮膚でしかなかった。彼らは何故に、この渇きの道を自ら選んで行こうとするのだろうか。

リビアには祖先の代から伝わってきた伝説にもひとしい地図がある。そしてその地図には、砂漠の地の底深くに流れている、青々とした水路が描かれていた。彼らはその水路を神の道と呼んでいた。

砂漠の奥地から姿を見せない遊牧民たちだけが、この青々とした水路がどこにあるのかを知っているという。

ムンジャはおばに、もういっぺんおカネのことを想い起こさせなくてはならなかった。おばがおカネを持ってくるために彼女の部屋へ入っていった隙に、ムンジャはオクチョの写真をもう一度見ておこうと、飾り棚の前へ行った。

「不憫な子だよ。オムマがおまえに背負わせた荷物は、酷すぎたりしないかい？　けれどもおまえも、自分の力で、自分の中のラクダを引きださなくてはならないんだよ。オムマがおまえの人生を、安楽な川岸だってあるのに、あえて苦痛の沼のほとりへ突き落とした理由を、そのラクダがわからせてくれるはずだよ。それが愛情というものだとわからせてくれるはずだよ」

ムンジャはおばから手渡されたおカネを受け取って、カバンに入れてから、アジュムマにお礼を言って帰ろうと、キッチンのほうへ向かった。

「いいのよ、いいの、あんたはこのままお帰りよ。アジュムマには後でわたしが、そう言っておくから」

狼狽したおばがムンジャを引き留めた。ムンジャは呆気にとられたまま、おばが慌ただしくショッピングバッグに入れてくれる、果物を受け取って手に持った。


「あのう……」

代金を支払おうとしたムンジャは店の主人の、ためらいがちな表情を眺めた。

「あのう、先ほどご主人がお帰りになった折に、するめを一枚と高粱酒を二本持ち帰られました」

「あら、そう、わかったわ。それはお幾らかしら？」

「ちょっとお待ち下さい、ええと、千八百ウォンですね」

おかずにするものを引っさげて、ムンジャは店を出てきた。べたべたと嵌め込まれた家々の黄色い窓の群れが、彼女になおのこと切実に、くたびれてげんなりとした気持にさせ、休息したいという感情を抱かせた。さりとて、ハンスが来ているからには、休息もままならないだろう。近ごろの彼ときたら、風体はにわかに身を持ち崩した連中のそれと変わらなくなり、酒癖まで手がつけられなくなっていた。

ムンジャは、小高い急な坂道を上っていった。上っていく途中で彼女は、老木の下でひと休みして足をくつろげた。いつもと変わりなく瑞々しい霊感が、胸いっぱいに漲ってきた。

その老木は図体がまともではない不具の身なのに、堂々とした背丈にたくさんの豊かな枝を拡げていた。それらの枝の一本一本がどれも、天まで届こうとしている渇望の手に見えた。あんなに高いところまで渇望の手を伸ばそうとしたら、おそらくこの老木は、自分の背丈の何倍も深い地の底まで、探り探り根を張っていったに違いない。生命の水を探し求めてひっきりなしに、冷たくて堅固な土の中へ、白い意志を伸ばしてきた老木の根が、自分の足もとと直結していることを思うと、ムンジャは拠り所のない人生の痛みが癒されるような慰めを感じた。

ムンジャはわが家へたどりつくより先に、表門の内側から顔だけを突きだして、自分の帰りを待っていた、家主の奥さんに出くわした。思わずどきりとした。案の定、自分を待ち受けていたのだった。

「アイグ〔普通はアイゴ。1、喜んだときの、まあ、やあ。2、呆れたときのおや、まあ、やれやれ。3、驚いたときのひゃあ、おや、わあ。4、不満または不愉快なときの嫌だよ、まあ、ひゃあ。5、不憫に思うときのああ、まあ。6、痛かったり疲れたりしたときのああ、ふうっと言う意味。7、葬式などで哭するときの声〕、腹が立ったらありゃしない。あんた、ちょっとあれをご覧なさいな。あそこへまたおしっこなんかしちゃって。犬畜生だってそんな真似はしないだろうに、他人の家の顔と変わらない玄関脇の塀をめがけて、おしっこの臭いがぷんぷんするようにしちまったんだから。わたしたちだけならまだしも、塀の持ち主が知ったら押しかけて来はしないか、そっちのほうが心配でね」

「ほんとに、申し訳ありません、アジュモニ〔奥さん、おかみさんという呼称。アジュムマの丁寧語〕。いますぐに洗い流しますから」

ムンジャは勝手口を兼ねた自分の部屋への出入り口へ入っていって、おかずの材料とかカバンなどを降ろしておいて、たらいに水を汲み入れた。家主の奥さんは依然として目を吊り上げて突っ立ったまま、横目使いにムンジャを睨みつけていた。

くたびれるだけくたびれている肉体に、屈辱の刃が突き刺さると、甘美な動揺が湧いてきた。

「苦痛の梯子を上がることがすべて無駄だとしたら？　この道の端に何もなかったら？　あらゆることがすべて、でっち上げられた意味だとしたら？　痛みと苦痛の終わりが、また別の痛みと苦痛の連続につながったら……？」

にもかかわらず彼女の腕は、永らくラクダの疲れを知らぬ脚となってきたがゆえに、雑巾掛けを止めなかった。

ムンジャが塀の小便の痕跡を綺麗さっぱりと洗い流して、家の中へ入っていこうとしたら、家主の奥さんはそれを見届けて、ようやく幾らか穏やかな声で彼女を呼び止めた。

「あんた、ちょっと待って。手紙が来ているのよ」

家主の奥さんはしばらくして、一通のブルーのエア・メールの葉書を手にして出てきた。それを手渡しながら家主の奥さんは、藪から棒ににたっと笑った。その笑いはまたしても、ムンジャをぎくりとさせた。案の定だった。

「引っ越してきてまだ半年と経ってないのに、こんなことを言うのは何だけど、わかって下さいな。うちの息子が自分だけの独り部屋が使いたいって、そりゃあもうやかましいのよ。不動産屋さんへのお礼はこちらで負担するから、よそで部屋を見つけてくれないかしら？」

「はい、わかりました」

ムンジャはあっさりと答えてから、家の中へ入っていった。甲の部分が裂けているハンスのボロ靴を拾い上げ、片隅に揃えて立てかけておくと部屋の戸を開けた。ハンスは酔いつぶれて、正体もなく眠りこけていた。空の高粱酒の瓶が、枕もとに転がっていた。彼の髪はぼうぼうに伸びて耳もとを覆っていた。ワイシャツの襟は垢じみていた。海老のように背中を折り曲げて眠っている姿を眺めている間、ムンジャには、いまこそ自分がこの人を心底から愛しているのではなかろうか、という思いがよぎった。

手にしていたエア・メールのことが思い出されたのは、そのあとのことだった。エア・メールは思いがけず、アメリカへ移住した兄からのものだった。ムンジャは夕飯の支度をしたい気持ちに急かされ、エア・メールにざっと目を通した。

「これは、どこから来た手紙だ？」

食卓の用意をととのえていると、部屋の中からハンスの声がした。

「兄からよ」

「何と言ってきたんだ？」

「わたしに、アメリカへ来いって。自分が始めたスーパーマーケットの商売が、あんまり繁盛するものだから、人手が足らないんですって」

「ちぇっ、いままで便り一本よこさなかったくせして、いまになって人手が足らないから、アメリカへ来て手伝えだと？　いますぐに返事を書いて送ってやるんだ、笑わせるなって。スポンサーさえつかんでみろ。そんなスーパーマーケットなんか、十個だって店開きできるんだ」

ぴしっと、マッチをする音が聞こえてきた。彼が癇癪を起こしたのは、手紙の内容のせいというよりも、おカネの用意ができたのかできなかったのかを、すぐに知らせてやらなかったからだと推測された。

食卓の用意をしかけて、ムンジャは部屋へ入って行った。ハンスは血走ったまなざしを、素早くはすかいに逸らした。ムンジャはカバンからおカネを取りだし、彼の前へ差しだした。彼はそのおカネを受け取るが早いか、吸いさしのタバコを新聞紙の片隅に押しつけて揉み消すと、勢いよく立ち上がった。

「夕飯の支度、できていますけど」

「いまが何時だと思って夕飯の支度だ。こんなに遅く帰ってきたくせして」

ムンジャは黙って彼に上衣とコートを着せてやった。そのときどきに、情け知らずで利己的な彼の性格を見せつけられるたびに、ムンジャは内心では泣きながら唇では笑って見せていた。

彼がボタンをはめている間に、ムンジャは先に台所へ出てきて、彼が履きやすいように靴を揃え、そして幾らか間を開けておいてやった。ご飯をよそいかけたままの電気釜から、辺り一面に湯気が立ちこめていた。ふと胸がしくしくする悲哀を感じたけれど、彼女は静かに微笑んだ。

ハンスはムンジャが、勝手口の外で自分を見送っていることを知りながら、真っ直ぐに階段をとぼとぼ降りていった。彼は坂道を降りていって、しばらくすると視野から消えた。

けれどもムンジャには、ハンスが自分の視野から果てしなく、遠ざかっているばかりのように感じられた。彼はもはや一人の男というよりも、彼女により一層大きな試練をもたらすために、より高いところへ遠のいていく神の灯火のように思われた。そうして彼女は、その高みへたどりつきたい熱烈な渇望に、体中がまたふたたび馬のたてがみのように風になびいた。

三角の帆

1

彼が社会部から文化部へ異動してきて七ヵ月にしかならない。辞令を部長のデスクの上において、人見知りするようにきょとんとして突っ立っている彼に、握手を求めたのはむしろ部長のほうだった。部長が部員たちに紹介したときも、彼は部長に対するときと同じように、ぺこりとお辞儀をしただけで、部員たちの誰にも握手を求めようとはしなかった。したがって握手とともに、誰に対しても決まり文句の挨拶となるはずの、「よろしくお願いします」という言葉も口にはしなかった。

異動してきたときから型破りと言えなくもない、彼のこのようなやり方に、文化部では誰一人として気にもとめなかった。もっとも、日刊紙の雑で息苦しい生理に耐え抜くために、もしくは耐え抜くという大義名分から、無関心をかえって美徳と心得ていたので、たとえどのような印象であれ、しっかりとしたバリアーで保護されているわれらが胸に、痕跡など止められるはずもないのだ。

彼の無愛想なところというか、寡黙さというか、人付き合いの悪さというべきか、そうした点が注意を惹き始めたのは、彼が異動してきてひと月足らず経ってからだった。彼の担当は文学だった。彼は部長から指示されるインタビュー記事のほかにも、自己裁量にまかされている取材記事を熱心に書いた。彼が書いた記事は誰が読んでもその観点はシャープで、語彙の選び方も斬新なうえ、読めば読むほどその内容に奥行きがあって、味わい深かった。

ぼくは初め、彼の記事を、誰かが背後に隠れていて代筆しているのではと、疑ってみたりした。ぼくが表向き知っているかぎりの彼には、とてもそんな記事が書けるとは思えなかった。

そろそろ彼は、同僚たちと打ち解けて過ごしてもよさそうだと思うのに、相変わらず初顔合わせのときの、よそよそしい振る舞いを改めようとはしない一方で、担当する仕事の関係で自分を訪ねてくる客とか、人伝に紹介されたりする大学教授とか文学者たちに、途方もない無礼な質問をいきなり投げかけて、彼らを当惑させたり怒らせたりした。その中にはことの性格上、ぺこぺこと頭を下げるまでのことはないにしても、丁重に扱わなければどんな不利益がまわって来るかわからない、著名な人士たちまでが含まれていた。いつぞやはインタビューをするために、一人の在日の女性作家を招いておいて、のっけから「どこにお住まいですか?」「赤坂に住んでいます」「赤坂というと、いかがわしい連中が住んでいるところでしょう」とやってのけ、その女性作家がインタビューを拒絶して、飛びだしていくという事件まで惹き起こしたことがある。

彼がそうした騒ぎを起こすたびに、ぼくは言葉にはださなかったけれど、内心では「おや、まあ、あれでどんな記事が書けるというんだ、ちょっちょっ……」と、舌打ちをしたものだった。ところが、その翌日の本紙に載った彼の記事は、まるで内心で憂慮していたぼくを嘲笑でもするように、一字一句が貴金属のように光り輝いていた。

彼の記事は、社内よりも外部でまず、非常な反響を呼び起こした。時たまぼくは、彼がひどく無礼に振る舞った当の教授や、文学者たちからの電話を受けて、取りついでやったりした。そのつど彼は「ああ、そうですか？」と、いとも簡単に応酬するか、ただ顔ばかり赤らめながら電話を受けたりした。後日その教授とか文学者たちと、ぼくが別の席で顔を合わせると、彼らは彼の安否を訊ねることもあれば、彼の記事そのものを話題にして、重ね重ね褒めそやしたりするばかりか、自分が出会ったどんな記者たちよりも有能だとも語った。

彼と肩を並べて過ごしながら、記事の背後の人間の出来具合を、ことこまかに見守ってきたぼくとしては、いまだに何となく胡散臭い感じがしないではなかったけれど、社外の人たちのそうした反応には、全面的にうなずかずにはいられなかった。ぼくは自分なりに、「仕事への純粋な熱情」が彼に、誰にも書けないような生きた記事を書かせているのだろうと、漠然と察しをつけていた。

ところが社内の反響は、社外におけるそれのように、虚心坦懐なものばかりではなかった。いつごろからかわが新聞の文化面は、そんじょそこらの新聞のそれよりも際だって、出来がよいという世評が聞かれるようになったのは、ひとえに彼の努力の賜物であることを認めながらも、社内にはそれとは別の気流が流れていた。その気流というのは、彼が入社してくるよりずっと前からあったものだった。

ある日のこと部長は、編集局長のお呼びだと彼に伝えた。彼が無表情に席を立った後でイー・キョンスクが、スッポンのように首をすくめながら短い一言を吐きだした。

「とうとう某氏におかれても、釣り針の餌にかかったというわけね」

文化部員たちは一斉に、声を合わせてくすくす笑いだした。部員たちの腹黒い、自嘲をこめたその笑い声はいうまでもなく、ハム・ミョンフンというれっきとした本名があるのに、彼女が「某氏」と彼を呼んだ、そのウイットのせいではなかった。部長を含めてわが文化部の全員を横並びにつなげた、その笑いの共感帯が意味するのは、一種の共犯意識だからだった。

しばらくして、多少は青ざめただけの、平素と変わらぬ浮かぬ表情で自分の席へ戻ってきて腰を下ろした彼に、部長がぬけぬけと訊ねた。

「編集局長の用件は、何だったのかね?」

「キム・ジンスさんの、《海外の名作の巡礼》に使った写真がよくないとか」

「そう言えば、あの写真の効果はひどかったな、もうちょっとよく選んで載せるべきだった」

「手持ちの写真は、あれしかないということでしたので」

「編集局長にもそのように言えばいいのに、そうしたのかね？」

「そのように申し上げました。けれどもどんな理由があろうと、あんな写真を使ったのは、ぼくの落ち度だと言われました」

彼の顔色が出し抜けに赤らんできた。昨日の締め切り間際にもまったく同じやり取りが、部長と彼の間ですでになされていた。彼はそのことを想い起こしたのかもしれなかった。ぼくは自分の経験に照らして、「糞っ、いまいましい。手持ちの写真がないって言うんだから、おれにだってどうしようもないじゃないか。いまからアムステルダムへ飛んでいって、写真を新たに撮ってこいとでも言いたいのか、どうなんだ」と、捨てぜりふの一つも吐きだして、じきに忘れてしまうものと思い込んでいた。ところが彼は、そうではなかった。忘れてしまうどころか、頭のてっぺんまで赤いオーラが突き上げていき、こめかみに立てた青筋がひくひくと痙攣していた。

ぼくはその様子に初めて、彼の寡黙さはただ単に、口数が少ないことを意味するのではないことを見て取った。ぼくたちの口数の少なさが黙認、ないしは一種の好ましくない妥協を意味するのに反して、彼のそれは、その中で他人の知らぬ何かを独りで育てているらしい、そうした類のものだった。

してみると彼の大きな目には、久しく独りで過ごしてきた人たちがそうであるように、孤独感とか怖れとかを馬のように飼い慣らし、そのうえにまたがっていて、どこの誰からも慰労されることを拒むような、そうした傲慢さが含まれていた。さらにまた彼の寡黙さは、自分が闘おうと心に決めたら、たちまち敵を打ち倒せるということを確信して止まない、猛禽類の堂々とした静けさにも通じるところがあった。

そんなことがあってからしばらく経って、部長はまたしても彼に編集局長からのお呼びだと伝えた。イー・キョンスクの読みがあたっていたからといって、それはちっとも喜ばしいことではなかった。ぼくたちは誰もが一度や二度は、すでに編集局長の前へ呼びだされた経験の持ち主だった。

しばらくして編集局長が荒々しく彼を叱りつける声が、広々とした編集局の隅々にまでがんがん鳴り響いてきた。

「日本へ行って来るって？　きみィ、それが返答のつもりかね？　執筆者に会いに日本へ行く用件があったのなら、差し障りが生じないようにあらかじめ、次回分を用意しておくべきだろうが。そりゃあ先方は、忙しいの何のと一日延ばしに引き延ばしていて、さっさと飛び立ってしまっただろうよ。けれども担当記者としては、何としても引き留めておいて、対談をさせるべきではなかったのかね。それが駄目だったら、真夜中だろうと先方のお宅へ押しかけていって、せめて録音でもしておくべきではなかったのかね。あの連載対談が、本紙にとってどれだけ大切な紙面かを知らなくて、疎かに扱ったのかね？　読者によってはあの対談があるから、本紙を購読しているという人だってあるんだ。それなのに虚《うつ》けみたいに、対談相手に逃げられて紙面に穴を空ける？　きみはそんなドジを踏んでも、給料を取るつもりでいるのかね？」

叱責されているのはミョンフン一人だったけれど、編集局内の耳という耳はすべて、編集局長の一言一句に聞き入っていた。隣接する社会部のほうから誰かが、当惑したように言った。

「穴を空けたにしたって、デスクはそれを承知してたんじゃないの？」

「むろんだろうよ」

「だったらデスクが行って、編集局長と談判すべきではないのかい。どうして新米なんかを局長の前に立たせるんだよ？」

それは文化部長に向けられた言葉だった。けれども恥ずかしいと感じることでは、文化部員たちもやはり同じだった。部員たちは自分が、あるいは同僚の中の誰かが局長の前へ呼びだされるたびに、ひどく不満を感じていた。部長の与り知らぬ特ダネなどあり得ず、部長の与り知らぬ間違いとかヘマだって、あり得なかった。それなのに部長は、手柄はすべて自分が一手に引き受け、過ちに関してはすべて担当者の自己責任とした。部員たちは彼のそうした身の処し方に、内心だけでもしくは彼の背後だけで、不満を吐露してきたけれど、いっぺんだって真っ向から彼に抗議をしたことはなかった。部員たちは一瞬、仕事の手を休めたままうなだれて、じっとしていた。無言でいること、まさにそれが、カーボン紙のように部員たちが何に対して顔を背けてきたのか、またどんなことを黙認してきたのかを、そっくりそのまま浮き彫りにしているようだった。

ぼくはさりげなく、部長のほうを盗み見た。彼の耳には何も届かないみたいに、電話帳ばかり熱心にめくっていた。けれども彼のふっくらした上まぶたは、トンボの羽根のようにひくひくと痙攣していた。やがて彼は、電話帳をばたんと音を立てて閉じると、ダイヤルを回しかけた手を止めて、出し抜けにむかっ腹を立てた。

「こいつったら、誰なんだ？　飯を食って電話ばかりかけておるなんて」

そう言ってふらりと立ち上がると、どこへともなく雲隠れしてしまった。

部長の姿が見えなくなると、出版物担当のチャン記者は、ほろ苦そうな笑みを含んだ唇の間にタバコを一本くわえ、美術担当のパク記者は、溜め息ともうめき声ともつかぬ声を洩らしながら、のけぞって椅子にもたれかかり、演劇担当のイー・キョンスクは、気持ちが乱れているときの彼女の癖で、親指に自分の髪の毛を一本巻きつけて、くるくると回した。また芸能担当のチェ記者は、ボールペンを机の上に軽く投げだして、遅れ馳せにぶつくさ言いだした。

「どうしておれたちの部ばかり、来る日も来る日も、局長の槍玉に上げられなくちゃならないんだ？」

「そりゃあ、仕事には無能なくせして実利をとることにかけては有能な、上役にめぐり会ったおかげじゃないの、ふふふ」

音楽担当のイー・ジェグンが調子を合わせた。いうまでもなく二人の声は十分に人目をはばかっていた。

　ぼくはミョンフンが呼ばれていった、局長室のほうを振り向いてみた。編集局内が騒然となるくらい叱責されている人間らしくなく、彼はぼんやりと、そして無表情に突っ立っていた。ぼくはこちらを向こうとして止めると、改めて彼のほうを振り向いてみた。彼は無言のまま突っ立っていたけれど、その沈黙の中には何がなし、きわめて強固なものがあって、局長の怒りには絶対に屈しまいとしているみたいだった。もしかしたら局長が、それしきのことであんなに荒々しい声をあげたのも、ミョンフンの全身から、自分に逆らおうとする何かを嗅ぎ取ったせいではなかったろうか？

　実際にミョンフンは、その紙面に、誰にもなし得ないくらいの熱情を注ぎ込んできた。その対談というのは、一人の国文学者と一人の文芸批評家が出会って、この国の古典に現れた韓国人像を、対談形式で解き明かしていくもので、原稿を書く作業は文芸批評家のほうが引き受けた。この両人は有能なだけに、社会のさまざまな分野に仕事をもっていて、彼らの時間を調整して一つの席につかせることは、飛ぶ鷹に追いつこうとするくらい至難の業だった。

　けれどもミョンフンは、黒の電話機一台で、自家用車を乗り回し、韓国の各地を縦横無尽に飛び回る両人をみごとに追い回して、週に一回ずつの対談を掲載するのに、行き違いのないよう首尾よくやってきた。その間に彼は、何かの発掘調査団に加わって電話も届かない山奥深くに埋もれていた、国文学者を連れだすために現地まで出かけていったこともあるし、にわかに体調を悪くして、出入り口に「面会謝絶」という貼り紙をだし、病床に臥っている文芸批評家の病室へ、身寄りを装って押し入ると、テープレコーダーのマイクを突きつけたこともあった。

そうした場合は両人の発言を、おのおのテープレコーダーに録音して、それをいちいちばらばらにして、あたかも両人が一つの場所に同席して対話を交わしているように、録音されている内容を自分の手で継ぎ接ぎしたりした。

そんな彼がある日のこと、受話器に手をおいたままの姿で部長に告げた。

「次の週には《古典散策》を、休載しなくてはならないでしょうね」

「何だと？　何を言うんだ、いままさに人気の絶頂にある連載を休載するなんて。どうした？　何があったんだ？」

部長が悲鳴でも上げるようにして、問いただした。

「文芸批評のバン先生がこの火曜日に、東京へ行かれたというんです」

「それで、いつお帰りになるのかね？」

「来週の木曜日ごろには帰られるとか」

「まさか！　だったら発つ前に、先生を確保すべきではなかったのかね」

「ぼくには日本へ行くなんて、おくびにも出されませんでした」

「とにかく急いでお宅へ電話をかけて、日本での連絡先を聞きだすんだ」

「もう日本の滞在先へも、電話をかけてみました、講演の約束があって、来週の木曜日より前には帰国できないそうです」

「そんなばかな、電話番号をよこせ。だからといってあの人の言いなりに、手をこまぬいて見ているつもりかね？」

部長はその場からすぐさま、日本へ行っている批評家と電話で話した。日本駐在特派員を通してでも、原稿が必要だと口説いてみたけれど、すでにミョンフンが聞かされている以上の結果を得ることはできなかった。

ミョンフンが局長の叱言から解放されて、自分の席へ戻ってきた。彼があまりにもひっそりと自分の席へ戻ってきたものだから、彼の動きにずっと気を配っていたぼくを除いて、ほかの同僚たちはまったくそれに気がつかなかった。しばらくの間彼は机の上に両ひじを突いて、両方の手のひらで顔を包み込んだきりじっとしていた。

その様子を見守っていてぼくは、仕事のうえでの苦衷を彼がいっぺんでも、口に出したことがないのを想い起こした。そのせいで、彼の担当のほうが自分たちのそれよりも楽なのではと、たびたび思ったものだった。自分の担当記事にふとしたことから穴を空け、突如としてその穴埋めの仕事が彼にまかされても、「楽な仕事をしている記者が記事の一つくらい穴埋めしたって、罰はあたるまい……」といった程度にしか考えず、さして申し訳ないと思ったこともなかった。

彼はたびたび社の近所の旅館で夜明かしをして、明くる朝、両頬が深々とへこみ頬骨は突き出て、大きな目を血走らせた様子で編集局へ姿を現した。そうしてホッチキスできちんと綴じた原稿を、部長の前へ黙って差しだしたりした。ぼくもまたご多分にもれず、一度だったか二度だったか、彼に記事の借りをつくったことがあった。

ある瞬間、彼が自分の席へ戻っているのを発見した同僚たちは、ばつが悪そうな顔つきで先になり後になりしながら、席を立っていった。イー・ギョンスクとぼくだけが、自分の席に居座ったきりだった。彼女とぼくは机の上に積み上げられた書籍越しに、互いに顔を見合わせてぎこちない笑みを浮かべた。

ミョンフンはひじを突いていた腕を降ろしてからも、その視線は窓の外のどこかへ釘づけにしたきりで、いつまで経っても動くことはなかった。ぼくは彼のそうした沈黙が、ひどく気になった。タバコでも勧めてみようかと思ったけれど、思い直した。しばらくして彼は、自分からタバコを取りだして一本抜き取り、机の上で一度か二度とんとんと叩いてから口にくわえた。青みがかった濃い煙が、離れ小島のように彼を押し包んだ。

得体の知れない焦燥感に追い立てられて、ぼくは無謀な雑談を始めた。

「ハムさんて、最近わかったことですけど、ぼくとはY高校の同窓生なんですね」

「ほう、そうですか?」

「何回生です?　ぼくは三十五回の卒業ですけど」

「ぼくは三十二回です」

「すると、ぼくの入学と入れ替わりに卒業でしたか」

しばし席を立っていたイー・ギョンスクが、自動販売機から抜き取ってきた三本の缶コーヒーを手にして戻ってきた。

「これ、召し上がりません？」

彼女が加わったことで、雰囲気がひときわほぐれてきたのに、ミョンフンはなかなかどうして、容易に胸のうちを明かそうとはしなかった。勿怪の幸いとばかりに、わたしはますます彼との距離を狭めようと図った。

「ハム先輩はチョンガク〔男の独身者と言う意味。漢字は総角と表記〕だからか大胆だし、気兼ねすることなんて何もないみたいですね。さっきだって、がみがみ言ってる局長よりもがみがみ言われている先輩のほうが、ずっと堂々として見えたくらいだもの。これはぼくだけの感じなのか、それとも……」

「その通りよ」

イー・ギョンスクも目を輝かせて、わたしの言葉に自分の印象を重ね合わせた。入社試験を首席でパスしてきたこともあって、これまでは彼女の矜持が傷つくようなことはさほどなかったみたいだった。そんな彼女がへりくだった態度で目を輝かすというのは、初めてのことだった。

「いやぁ、そんなことはありませんよ」

言葉遣いは無愛想だったけれど、イー・ギョンスクのきらきらと輝く粘っこいまなざしに、彼は一瞬あのきょとんとした表情を崩した。

「実際にぼくは、職位そのものしかない人間の前では、何も怖いものがないんですよ。肩の上につける肩章に恋々としているのはたいてい、中身が空っぽの人ですからね。生きる軸が自己にあるのではなくて、肩章にばかり頼っているものだから、その肩章がなくなると同時に、尊大ぶることもきらめくことも消え失せ、ボロをまとったみすぼらしい本心が、さらけだされるに決まってますから。ぼくが怖れているのは、しわの数と白髪の数しか自分の足跡を物語ってくれるものがない、そういう人ばかりでして」

「あらっ、わたしが考えていることと、どうしてそんなに同じなのかしら。わたしは一つの仕事にばかり打ち込んできて、髪の毛がごま塩になった人たちが、もうちょっと増えてくれたらと思いますの。平記者、平社員、平教師の中に、髪の毛がごま塩の老年たちがたくさんいて、その人たちの経綸を、ある目に見える官職よりも大切と思いなす風土になってくれたら、うれしいんですけど。部長でも課長でも局長でもない、ただ髪の毛がごま塩だけの老記者が、大統領とか長官〔大臣〕とかの前でだろうと、足を組んで腰をかけ、自分の経綸に照らしておっかない質問の数々を投げかけたとき、権力というのは自ずと牽制されるのではないかしら！　また、人間の体にできたしわとか、白髪とかの上に居座れるくらいの、矜持とか官職とかがないと思われるような考えが、一般化されたら、いまのような入試地獄や大学教育の商品化現象だって、自ずと解消されるのではないかしら？」

「そうねえ、顔のしわとか白髪とかは、世間のおびただしい荒波に耐えながら生きてきた痕跡という点だけでも、十分に尊敬されてしかるべきでしょう。ぼくはその人がどんな職業に就いていようと、深々としわが刻み込まれた白髪混じりの人に会うと、遠洋航海を終えて帰港した船を思い浮かべるんですよ。錆つき、腐蝕し、壊れていくなど、船が負っている傷跡のどれ一つとして、海中の牙と足の爪が鋭い海獣に、無数に噛みつかれ引っ掻かれた痕跡でないものなんてないように、一本のしわ、一本の髪の毛にしても、暮らしの中に隠れてうなり声を上げている、猛獣と闘った痕跡でないものはありませんからね。もとより、あらゆるしわとあらゆる白髪のすべてが、そのような凄絶な闘いの痕跡ではあり得ないでしょう。ただ単に歳を食ったという場合だって、幾らでもあるでしょう。自分が自分の体に突き刺さった矢を抜き取りながらも、果てしなくおのれを敵の前に投げだしてきた、壮烈な闘魂ばかりが、本物のしわと白髪の名に価するものでしょう」

「ようやくわかりましたよ。ハム・ミョンフンさんの何とも言えない不可解な魅力が、どこから来ているかということが」

イー・ギョンスクは、自分の心の奥深くを見られたというように、じきに顔を赤らめた。

そこへ部員たちの目を避けて雲隠れしていた部長が、自分の席へ戻ってきた。部長の顔色からは、笑っているのか腹を立てているのか、それともいつもと変わらないのか、判断がつかなかった。けれどもわたしたちは、たちまち彼が腹を立てていることを知らされた。

「みんな、どこへ行ったのかね？　何か話したくても、肝心なときはまるきり席にいてくれないんだから。それはそれとして、わしら、ちょっと奮起しましょうや。穴が空いたと聞くといつだって、わしらの文化部と決まっとるんだから。みっともなくて顔を上げて歩けやしない。今日のことだってそうですよ。事故が起きる気配がしたら、前もってわしに知らせてくれなくちゃ。もうちょっと早めにそうとわかってたら、何らかの手を打つことだってできたはずで。時間がすっかり経ってしまってから、かくかくしかじかだと言われたって、いかな部長でも手の打ちようがないでしょ？」

部長の空々しい言葉が、今日くらい白々しく聞こえたことはなかった。ぼくは部長と目が合わないように、視線を足もとに深々と落とした。ふと、ミョンフンはどうしているのだろうと気になってきた。彼のほうをちらりと見やった。彼はすでに無関心になってしまったように、漫然と部長を眺めているところだった。そんな彼をイー・ギョンスクの、うっとりと見とれているようなまなざしが、追いすがっていた。部長はぼくたちの誰にも、目をくれようとはしなかった。彼にはそんなことが、できるはずもなかったろう。

ほとんど似たりよったりの時期に、イー・ギョンスクとぼくはミョンフンに対して、心の中で親近感を抱くようになった。そうした点がミョンフンよりは、むしろ彼女とぼくとの間をまずより親密にさせた。彼女とぼくは同僚たちの誰にも、いまやミョンフンの物静かな翼の下に集いだしていることを、気取られないようにした。とりわけイー・ギョンスクには、そのように振る舞ってしかるべき妥当な理由があった。一つの職場でスキャンダラスな噂が立つことを、会社ではもっとも嫌ったからだった。

ミョンフンはぼくたち二人にだけは、他の同僚たちと比べて、わりあい腹を割ってつき合うようになだった。とは言っても彼は、ずっと多くの時間を自分自身とともに、孤独のうちに過ごした。ぼくたち三人は文化部で会食する機会などに、たまたま席を同じくするほかにも、退社後に時たま別途に顔を合わせたりした。イー・ギョンスクのミョンフンへの感情が昂揚してくると、彼女は自分とミョンフンの間にぼくを、それまでにも増してちょくちょく引き入れた。ぼくたちは焼酎も飲み、コンサートへも出かけた。演劇を観に行ったこともある。ひと晩のうちにひたすらコーヒーばかり飲みながら、喫茶店を十軒も梯子をして回ったことさえあった。

ところがミョンフンは、自分でもノリに乗ってきたときを除けば、演劇にも音楽にも、さらにはわたしたちが語り合うことにも、さして大きな関心とか興味とかがないように見受けられた。彼は、自分自身の中に宿しているある何かにしか、関心がないらしかった。海、船、山、鳥、馬、天文、気象に関することが話題になったときだけ、ご機嫌だった。もっとも、海に関することが話題になったときでさえ、ぼくとイー・ギョンスクの関心と彼のそれとは、まったく違うところにあるようだった。ぼくと彼女が釣りや日光浴、コンドミニアム、泳ぎ、刺身などを話題にして騒ぎ出そうものなら、彼は口もとにかすかな笑みを浮かべたまま、黙々と耳を傾けているばかりだった。海への彼の関心がどこにあるのか、正確にはわからないけれど、とにかくぼくと彼女のそれと、まったく違うことだけは明らかだった。

それと同時に、自分が興味を持っているもの、または事柄に関してだけは、呆れるくらい詳しく知っていた。たとえば、何気なしに「海賊」という言葉を口にしても、彼はすぐさまこのように反応した。

「海賊という意味で代表的な人物は、ジョン・ホーキンスとフランシス・ドレークという人だ。彼らはいずれもエリザベス女王の黙認のもとに、公然と海上を駆けめぐりながら、掠奪をして回ったわけだけど、それは、女王が即位した一五五八年頃だけでも、イギリスは貿易と海軍の戦力において、イスパニアとかポルトガルよりもずっと立ち後れていたから、たとえ不法な貿易や海賊行為を通してだろうと、海の覇権を握ろうとしたんだ。ホーキンスなんかは、当時イスパニア人たちが独占していた奴隷貿易に割って入って、巧妙に立ち回り莫大な収益を上げている。三度目の航海のとき、彼の四隻の奴隷貿易船をイスパニア人に奪われて以後、彼の一味は海賊に変身したんだ。当時のヨーロッパでは、外国の船舶から掠奪の被害をこうむった船長は、自分の政府から、相手国のいかなる船舶からだろうと、損害額を回収しても構わないという、「報復免許証」を発行してもらうことができたのだ。ホーキンスはその報復免許証を所持して、自分がこうむった損害額以上に、相手国の船舶への略奪を働いたのだ。フランシス・ドレークという男は、イギリスでは英雄扱いされたけれど、彼だってもともとは海賊だったんだ。ジョン・ホーキンスの従兄弟で弟分でもあるが、メキシコで掠奪に遭って帰国すると、報復免許証を手に入れるやただちに、イスパニア人を相手に報復の掠奪行為を働くようになってね。イギリス人として彼が初めて成功させた世界周航は、航海史にも記録されているくらいだ。要するに彼は、女王の援助を受けて、当時の代表的な帆船に属しているゴールデン・ハインド号のほかに、四隻の船を率いて遠征の旅にでたんだな。オーストラリア探検と貿易基地の調査というのは表向きのことで、実際にはイスパニアの船舶に対する大がかりな掠奪が、そのほんとうの目的だったのさ。大西洋を渡ってブラジルへ辿り着くまでの間に、四隻の船を失い、彼が乗り込んでいたゴールデン・ハインド号だけがマゼラン海峡を通過して、太平洋へ抜けて出た。彼はペルー沿岸を北上して、手当たり次第イスパニアの植民地と船舶などを攻略すると、数えきれぬくらいの金銀財宝を奪い、太平洋を渡って香料諸島、つまりはモルッカ諸島やセレベス、ジャワに到着し、その後さらにインド洋を横断して喜望峰をまわり、およそ三年ぶりにプリマスへ帰港したんだ。このときの航海で彼が掠奪した金銀財宝の量があまりにも多すぎて、いまにも船が沈没しかねないありさまだったと伝えられている」

彼はきわめて真面目くさって、こんな話を熱心に聞かせてくれた。ぼくは彼の博学ぶりにもの凄く驚きながらも、その一方で、「そんなことを知ってるからって、だから何だっていうの？」と、訝らないではいられなかった。

黙々と座り込んでいるときのミョンフンは、ぼくと彼女の気分に調子を合わせてみようと、苦闘している様子がありありとうかがえた。けれどもそれも長続きせず、出し抜けにむっくり立ち上がると、家へ帰ると言いだすのである。あるときなどは仲間から抜けだそうと、出し抜けに通りすがりのタクシーを呼び止めて乗り込み、ぼくたちをその場に残して立ち去ったこともあった。イー・ギョンスクは走り去るタクシーに向かって、口汚く罵ったりしたけれど、ほどなくひそやかに魅力的な笑みをつくって、自分の唇から罵声を拭い去った。彼女の目には彼のそうした振る舞いが、なおのこと魅力的に映るらしかった。

実際に彼がそんな調子で立ち去っていくと、その後にはまるである馬が、自分の中の内密な衝動に駆られて、四つの蹄を蹴立ててどこへともなく走り去っていったような、新鮮な緊張感に包まれるのだった。

一方、ミョンフンのほうは相も変わらず、何かというと編集局長から呼びだされていた。そして年若い局長は、もっともらしい言いがかりをつけては毎度のごとく、自分のほうが先に頭に血が上って、興奮してしまうのだった。ミョンフンのことをよく知らない同じ文化部の同僚たち、編集局の人たちは、編集局長に呼びだされる回数が頻繁になるにつれ、ミョンフンにも何がしかの欠陥が、あるにはあるのだろうと思い込むまでになった。けれどもぼくは、編集局長がミョンフンを呼びだして難癖をつけることで、かえってミョンフンにはほんとうは過失がないことを、局長自から反証して見せていると思っていた。

ミョンフンは彼が担当しているすべてのことに対して、ただひたすら熱情を傾けた。にもかかわらず「古典散策」のときのように、ときには筆者側のよんどころない事情で、事故が発生することがあった。そんなときでさえ彼は、その事故が紙面に露出しないよう能力の限りを尽くして、前もって考えられるあらゆる彌縫策を講じておいた。それ以上のことは誰の場合だろうと、能力外ということになろう。

待っていたとばかりに編集局長は、決まってそんな場合を問題にした。局長にとってプロセスなどはどうだろうと、結果だけが重要だった。追及する立場からすれば、それにも増して有利な地点などあり得なかったろう。局長は自ら、完璧主義者をもって任じていた。ミョンフンはそんな局長の前で言い訳を並べたり、間違いの責任を他人に転嫁したことなどは、ただの一度もないらしかった。編集局長は、ぼくたちの多くがそうしてきたようにミョンフンもまた、恥ずかしさを大慌てで卑屈きわまる微笑にすり替え、言い訳をして他人に責任を転嫁するように、仕向けたかったのかもしれない。

編集局長は、テーブル越しにつくねんと突っ立っているミョンフンの、穏やかでありながらもいっこうに動じない沈黙に突き当たるたびに、自分が腹を立てていることになぜとはなしに後ろめたさを覚え、そうした自意識を呼び起こさせるミョンフンが、ますます憎たらしくなるのかもしれなかった。

ミョンフンはぼくたちの多くが、調子を合わせることで回避してしまった何ものかに、たったの一人で立ち向かっていた。ぼくたちの分まで引き受けて。

2

ある日のことだった。

暮れなずむ街を後にしてぼくは取材の車に乗り込み、社へ戻ってきた。エレベーターは二つが、どちらも使用中だった。階段を上がっていこうとしたら、誰かが口笛を吹きながら、別の階段を降りてくるところだった。ややあってぼくは、階段を降りてくるミョンフンと鉢合わせをした。ポケットに手を突っ込んだまま、彼は相変わらず口笛を吹いていた。

「どこへ行くんです?」

手で彼の肩口をぽんとたたいただけで、ぼくはしいて彼の返辞を聞こうともせずに、早足で彼と擦れ違った。

あなたの胸の中に流れる、涙あふれるところへ
雨風の胸の中へと舞い散りながら
あの鳥が飛ぶ日　われらはみな知るだろう
その声　その深い痛みを
すべて進みでて　静かに頭を垂れ

その声　その痛みを迎えよう

そう言ったきり、それ以上は聞こえてこなかった。

席へ戻ってきた瞬間、ぼくはただならぬ気配を感じた。部長は次長と、また同僚たちは同僚たちなりに、互いに近い席の者同士で額を寄せ合ったまま、深刻な顔つきで何かをささやき合っていた。イー・ギョンスクとミョンフンの席だけが空いていた。

二人の仲について、何らかのやり取りがあったのだろうか？　さもなければ部長が、その地位を追われたのだろうか？　そんなはずはないのだが……。

とりとめのない推測は止めにして、ぼくは同年輩の、チェ記者とパク記者の間に割って入った。

「おい、何があったんだ？」

「ハム記者が辞表をだしたよ」

「ええっ？　たったいま階段を上がってくる途中で、会ったんだぜ」

「だからさ、たったいま提出したばかりだって」

「信じられないな。そんなはずはないんだが」

ぼくは唖然とするばかりであった。口笛を吹き鳴らしながら、あまりにも悠然と階段を降りて行った彼が、その数分前に辞表をだしていたということも、にわかには信じがたかったうえ、同僚が辞表を出して立ち去っても何も知らぬまま、締め切り時間に追われてあたふたと階段を駆け上がってきた、自分に対しても名状しがたい嫌悪感が突き上げてきた。

チェ記者はぼくが気にしていたことを、いち早く耳打ちしてくれた。

「あの男がいつ、部長の前へそんなものを差し出したのか、そこまでは見ることができなかったんだ。おれは記事を書いていたので。とにかく、辞表です、という声にびっくりして、そっちを眺めたんだ」

驚いて慌てふためき、言葉を失っておろおろするばかりだった部長に、ミョンフンはぺこりと一礼して、きびすを返したというのだ。

「いや、おい、ちょっと待てよ、ハム・ミョンフン君、戻って来いよ」

部長は弾かれたように立ち上がると、立ち去ろうとするミョンフンに追いすがって、上衣の裾をつかんだという。

「わしにはまったく訳がわからないが、突然こんなものを提出した理由は、何かね？　何か悩みがあるんだったら、あるがままに話してみてくれたらどうなんだ？　わしの力の及ぶところまで、どんなことでも聞き容れるから、考え直してくれたまえ。考え直すことは容易《たやす》いけれど、辞表というのはいっぺん処理されると、それきりじゃないか？」

部長は椅子を引っ張ってきて彼を座らせ、タバコを勧めてから、にわかに声を落として言葉を継いだ。

「編集局長のことだけど、あの人って気難しいところがあって、扱いにくいけれど、わからず屋では決してないんだ。上役が幾らかやかましいからって、簡単に辞表をたたきつける癖をつけたんじゃ、身が持たないじゃないか。世渡りというのは、折れることも大事だけれど、ときには折れたりせずに、しなやかに生きることだって知らなくちゃ」

おとなしく腰を掛けていたミョンフンは、すっくと立ち上がると、タバコの火を揉み消しながら、

「ぼくはこれで、帰らせて頂きます」

と言って、まっしぐらに出入り口のほうへ歩いていったという。部長は及び腰になって立ったまま、

「二、三日休みを取って、よく考えてみてくれたまえ。今日のことはわし一人の胸に収めておくから」

と、ミョンフンの後頭部めがけて叫んだとのことだった。

チェ記者は軽く溜め息をつきながらつけ加えた。

「残念だよ。惜しい男なのに。もうちょっと辛抱してみるべきだったたな」

「部長が引き留めたんだから、何日か休んでいたらあべこべに、仕事をする意欲が沸いて来るんじゃないかな?」

同意を求めるようにぼくを見つめるパク記者に背を向けて、二人の間から抜けだしてきた。

ミョンフンが辞表をたたきつけるまでに、彼の茫洋としてつかみどころのない表情の背後にどんなことがあったのか、誰一人として正確には知る由もなかった。けれどもそれが、まさにぼくたちの一人一人、全員がそうなることを願った、ところが失敗に終わった何ものかではなかったかという思いが、不意に脳裡をよぎっていった。そして、それは挫折とか失敗を意味するものではないと、ぼくは心の中で一人でかぶりを振った。

取材してきたことを整理したくても、仕事が手につかなかった。青藍色の空と接しているガラス窓が、あべこべに暗い鏡のように編集局の室内を映しだしていた。

編集局の出入り口にイー・ギョンスクの姿が現れた。彼女は脇目も振らずにぼくのところへやってくると、小さな声でささやいた。

「話は聞いたでしょ?」

「うん、どこへ行ってたんだ?」

「ちょっとコーヒーでも飲みに行きません? わたしが先に、ラウンジへ行ってますから」

少し経ってぼくはラウンジへ上がっていった。イー・ギョンスクは、電灯が明るく照らしだしている、真ん中のテーブルが空いているのに、薄暗い窓際の席に腰を掛けていた。彼女はせいいっぱい首を伸ばして、しきりに路上を見下ろしていた。

「わたし、いま、ハム・ミョンフンさんを探しまわってて、無駄足を踏んで戻ってきたところなの」

「ほう、そうだったのか」

ぼくは彼女の前へ、タバコを投げてやった。

「彼が出ていってすぐに後を追って飛びだしたんだけど、さっぱり見つからなかったわ。彼が歩いて行きそうな道をたどって、鐘路まで行ってみて、ひょっとしたらと思って喫茶店『栗の木』へも行ってみて、探し回ったんだけど、会えなかったわ」

「取材から戻ってきて、階段で会ったんだ。誰かが口笛を吹きながら降りて来るので、誰だろうと思ったらハム先輩じゃないか」

果たせるかな彼女の髪の毛は、ひどく乱れているだけでなく、息遣いも正常ではなかった。

「あらあ、そうだったの。階段から抜けだしていった人を、エレベーターで追いかけたんだもの、そこでもう、行き違いだったのね」

イー・ギョンスクは手にしたままいじくり回してばかりいたタバコに、ようやく火をつけた。

「辞表をだす前に、何か話はなかった？」

「なかったわ」

「どう思う？」

「何をよ？」

「彼は思い止まるだろうか？」

「そう、ねえ……思い止まらないと思うわ」

「なぜ辞表をだしたと思う？」

「……立ち去る準備が、すっかり整ったということではないかしら？」

「そう、まさにそこなんだよ」

彼女とぼくはそれぞれの思いに耽ったまま、言葉もなしに腰をかけていた。沈黙が長引けば長引くほど、ミョンフンがぼくたちに話してくれたことの一つ一つが、ぼくたちの沈黙にさまざまな空想を吹き込んでくれた。そのときぼくは、自分の心の奥深くから、これまで一度も乗ってみたことのない一頭の馬が、いななきながら眠りから目を覚ます音を耳にした。

明くる日だった。ミョンフンは出勤して来なかった。ぼくたちは表向きは何事もなかったように振る舞ったけれど、実際にはおのおのの心の片隅が、ミョンフンの空席の椅子につながれ、縛られていた。とりわけ部長は、そわそわして落ち着かなかった。彼は出入り口のほうへ頻繁に目をくれ、電話のベルが鳴るたびに眉毛を吊り上げた。ぼくたちは彼のそうした振る舞いに、素知らぬ振りを決め込んでいたけれど、もはやそれ以上、知らぬ顔をしているわけにはいかない事態が生じた。

ミョンフンが出社しなくなったおかげで、彼が受け持っていた仕事は一時、チェ記者が代行した。その仕事の一つが、地方在住のある作家から、連載中の新聞小説の原稿を受け取ることだった。どんなに口を酸っぱくして頼んでもその作家からは、一日分の原稿しかもらえなかった。ときには高速バスのガイドさんから、誰それの原稿を受け取りに来るようにと、知らせてくることもあったが、それもままならず近ごろでは、締め切り時間が迫ってきて、長距離電話で読み上げる原稿を書き取って、前もって待機していた画家から挿し絵を受け取ると、組み版室へ駆け込んだりした。まさに戦争のようなことを、ミョンフンは一度だって穴を空けることもなく、みごとにやってのけてきたのだった。

ところがチェ記者は、締め切り時間が過ぎるまで、その原稿を受け取ることができなかった。

「困ったことになったよ。編集局長がかっかして頭に血が昇るはずなのに、一体どうしたらいい？　チェ記者、どうだ、あんたが局長のところへ行って、前もってあるがままの事実を申し上げたら？　あんただったら話しやすいのではないかな。担当者のハム某記者が出社しないので、代わりに自分が受け持つことになったと、つべこべ言わずに申し訳なかったと詫びるんだ。そうすれば担当者でもないあんたに、局長だってやかましいことは言えんだろう？」

「真っ平ご免ですよ。ぼくのほうこそ、自分の仕事だって山積しているのに、他人の仕事を押しつけられた罪のほかに、どんな罪があるというのです？」

「ハム・ミョンフンはなぜ出社して来ないで、同僚たちをこんなにやきもきさせるのだ。みんなが見ている前で、わしがこの歳になって青臭い局長から、なぜ大目玉を食らわなくてはいかんのかということだよ」

彼は机をガンとたたいて席を立ったけれど、すぐにまた力なく座り込んだ。それからも苛立つ気持ちを抑えかねて、間断なしに指先でこつこつと机をたたいた。

「なぜ、叱りとばされると思いますの？　各自の立場から正々堂々と、言うべきことは言うし、聞くべきことは聞かなくちゃ。たとえ上役から仕事に関する多少の追及をされたとしても、それがどうしてそんなに大きな問題なんです？　自分が意識的に、仕事に怠慢だったのでなければ。これからわたしは、誰の前に呼びだされようとも、堂々と振る舞うつもりよ。むろんそんなことがないように、前もって最善を尽くすつもりだけど」

イー・ギョンスクは顔を真っ赤に上気させながらも、きっぱりとした口調で言ってのけた。ぼくたちはびっくりして、一斉に彼女を見つめた。もっとも驚いていたのは部長だった。彼は文化部長になって以来、ぼくたちの誰からも、面と向かってこれほど手厳しい非難を受けたことは、ただの一度だってなかったからだった。彼の右手の席にいて、片方の心臓をいつも重苦しい気分で押さえ込んでいた、ミョンフンの寡黙だったことを除いたら。

翌日、そしてその翌日も、ミョンフンは出社して来なかった。電話連絡もなかった。それによって彼は部長の勧めを、実際には拒否したわけだった。出勤すると真っ先にぼくは、ひょっとしたらと彼の席をまずうかがった。ぼくだけがそうしたわけではなかった。部長を含む部員の誰もが、そうしたのだった。

チェ記者が隣の席の、パク記者を手招きして近くへ呼びつけた。

「今日も出社して来ないみたいだな？」

「そうらしいよ」

「すると、どうなるんだ？」

「何が？」

「いつまでおれに、仕事を押しつけるのかって」

「ご苦労なことでしょうな、近ごろは？」

「死にたいよ。おれって、物書きの連中があんなに聞き分けがないとは、ほんとに知らなかったよ」

「部長が訪ねていって、もういっぺん出社するよう、説得してみるわけにはいかんのかね？」

「わからんな。とにかく、このままほったらかしておくことは、ないだろうよ。部長が誰よりも困っているはずなんだから。せめてやっこさんを局長の前に立たせるスケープゴートにするためにも、訪ねて行くだろうよ」

「そればかりじゃないぞ、おれたちはやっこさんがいなくなったので、おちおちサボることだって、できないじゃないか。やっこさんがいるときは両の目をしっかりとつぶって、記事の一本くらい逃がしたって、代わって穴埋めしてくれたものだけど、これからは誰がそんな酔狂な真似をしてくれる？」

ぼくはミョンフンの席へ行ってみた。椅子に腰をかけようとして、危うくひっくり返りそうになった。ねじが抜けていたのか、腰を下ろした途端に、椅子がぐらりと後ろへ倒れたのである。気をつけて座らなかったせいだろうか？　それともミョンフンが、表にださなかったせいだろうか？　ぼくたちは誰一人として、彼の椅子が壊れていることを知らなかった。

彼の本立てもしっかりと整頓されていた。引き出しの中も綺麗に片づいていた。ぼくたちがそれと気づかなかっただけで、彼は疾うから、自分が二度とこの机の前に、舞い戻って来たりはしないだろうということを、それなりにはっきりと知らせていたのかもしれなかった。

けれどもぼくには、彼がいまもどこかで、しょぼくれた顔をして目を真っ赤に充血させながら、夜を明かしているように思えてならなかった。ぼくらが穴を空けた記事を代わって穴埋めするために、一人で徹夜をしてきたように彼はいま、ふたたび別の場所で、一人寂しく、苦闘しているような気がしてならなかったのである。人間のために火を盗みだしてくれた罪で、どこかでクロハゲワシに、心臓をついばまれているというプロメテウスのごとく、彼は他人が誰も理解してくれない仕事と取り組んで、たった一人で自分の心臓をついばまれているのではなかろうか？


そのときイー・ギョンスクが、ぼくの脇腹をぐいと小突いた。ラウンジを指すように、彼女は片方の目を吊り上げた。ぼくはこくりと頷いた。

彼女は、鳥のくちばしのように尖っている三角山が、手が届くように迫っている、窓際の席に腰を下ろしていた。

「部長が訪ねていくみたいだな」

腰を下ろすが早いか、ぼくがいきなりそう言った。

「だからといって、ずるずると引っ張られてくる人かしら？　とんでもないわ」

彼女は頑なに、かぶりを振って見せたりした。そこには、そうすることを願う彼女の意思も、込められているようだった。ぼくはにやりとした。ぼくにもやはり、そうした期待がなくはなかったのである。

「家にいないかもしれないし、な」

「そうなの、疾っくにどこかへ旅立ったかもしれなくてよ」

彼女とぼくは、どちらが先ということもなしに、三角山の高い峰のほうへ視線を送った。そのようにして彼を追いかけようとする、世間の手が届かぬ遠くへ、彼を追いやろうとするように。

足首にきらびやかなリングをはめてやった自分の鳥が、なろうことならこの世の隅々まで、飛び回ることを願う鳥類学者のように、遥かな空の果てを眺めているぼくは、ひたすら胸がときめいた。

帆掛け船みたいなひと固まりの白い雲が、北漢山の上を流れていくところだった。ぼくは自分の鳥に、ペリカンと名づけてやることにした。

「どうして笑うのよ？」

「うれしくて」

「何がよ？」

「たったいま、いいことを思いついたんだ。ぼくは今後、彼のことをペリカンと呼ぶことにしたんだ。ペリカンだよ」

「ペリカン号はどうかしら？　疾風の中を航海する船。三角の帆も竜骨も、自分の力に余る力士みたいに、死に物狂いで怒濤に向かって挑みかかっていく……」

「馬はどう？　走るときは自分から、動脈を嚙んで呼吸を助けるという駿馬」

「ああ、いいなあ、いいわよ。ペリカン！　ペリカン！　ペリカン！　まるで素晴らしい詩の一節みたい」

イー・ギョンスクはまるで本物の優れた詩でも朗読するように、何度も繰り返した。

「ここがこんなに眺めの素晴らしいところだとは、いままで気がつかなかったよ」

「そうだったの……」

イー・ギョンスクはにわかに息を殺すようにして、おとなしくなった。ひょっとしたら彼女は、ミョンフンへの慕情を食べて、しっとりと肉づきがよくなっているところかもしれなかった。

ミョンフンが辞めたことで文化部の中に残った痕跡は、さほど長くはもたなかった。彼の椅子は空席のまま残されていたけれど、それは空席のままというよりも、来客があるたびにこの人あの人にまわされて、いつしか主のない椅子となってしまった。けれども遠からずして、研修を終えた誰かが、その椅子の主となることだろう。

息苦しさを感じるたびに、ぼくは同僚たちの肩越しにこっそりと、目でイー・ギョンスクを探した。そして目配せをした。ラウンジで落ち合ったぼくたちは一杯のコーヒーを前にして、言葉もなく窓の外を見下ろしたりした。

　ぼくたちは黙りこくっていても、その沈黙の中にミョンフンがいっぱいに忍び込んできていることが感じられた。ある瞬間、彼女が独りごつようにつぶやいた。

「大丈夫かしら？　雨風が激しく吹きつけるのに……」

　するとぼくが答えた。

「案ずることはないさ、ペリカンという鳥は、自分で自分の心臓を切り取って、その血でもって踏ん張ることになろうとも、ついには目的地へたどりつくものだよ」

　またあるときは、会食という名のもとに、焼き肉屋で同僚たちと何となく一緒になって、飲み食いした揚げ句に騒ぎ立てていて、にわかにえがらっぽい目が痛くなるような煙の間から、イー・ギョンスクのまなざしを燃えるような目で跳ねのけながら、ぼくは言った。

「大丈夫だろうか？　外がひどく寒いけど」

　すると彼女は、自信ありげな口調で答えた。

「大丈夫だと思うわ。ペリカン号はくだらない享楽よりも、呪われた航海を望むはずよ」

手話

ある日のことその夫婦は、不動産屋の親父に案内されて、トゥックソムの競馬場入り口の向かい側の道路沿いにある、運転手食堂の物色にやって来た。女房は頬がぽちゃぽちゃっとした背の低い女だった。亭主のほうは色黒で、こわい髪がたっぷりと伸びているうえ、首が長くて幾らか猫背の三十代半ばといったところだった。

「お入り下さいまし」

不動産屋の親父が表のガラス戸に、「運転手食堂」という看板が横並びに書き込まれている引き戸を開けながら、亭主のほうを振り向いた。亭主は女房だけを食堂の中へ入らせ、自分はそのまま食堂の外に踏みとどまっていた。食堂の中の造作がどんな具合なのかについては、さっぱり関心がないのだろうか、それとも女房の意思に、すべてをまかせようというつもりだろうか。店を背にしたまま亭主はぼんやりと突っ立っていた。日が暮れていくところだった。

喫茶店から出てきた一人の女が、練炭ハサミで挟んで持ってきた、燃えつきて灰になっている練炭を、街路樹の下へ棄てて喫茶店へ戻っていった。パガジ〔ひさごのこと。ふくべを二つに割って中身をえぐり出し、乾燥させて容器としたもの〕を手にした男が、路上に停めておいた乗用車のガラス窓の埃を、パガジの水で洗い流していた。出し抜けに彼は、自分がはまり込める何か面白いことを思いついたというように、歩道の端へ歩いていった。真っ直ぐに伸びている道路のこちらの端からあちらの端まで、視野が届く範囲内にある街路樹が何本あるのか、顎を上げ下げして数え始めた。男の顎は上げ下げを繰り返していて、九番目で停まった。そのとき棄てられている練炭の灰の傍にあったブルーのゴミ袋から、むっちりと肥え太った一匹のネズミが飛びだしてきて、運転手食堂の開いている戸口の中へ、矢のように吸い込まれていった。

「広いでしょ?」

不動産屋の親父が、案内してきた客の女房と一緒に外へ出てきながら、それとなく反応を打診した。

「どうします?」

目が窪んでいて賢そうに見える客の女房は、食堂の中に向かって上半身を傾けて覗き込んでいる、亭主のほうを向いた。

「ネズミが駆け込んでいったな。あっちのほうへ」

「ソウル界隈で、ネズミ一匹いねえところがどこにありやすか。お客さんが入りなすったら、ネズミ捕りの薬でもばらまきなさるんですな」

不動産屋の親父が言葉を差し挟んだ。亭主は右手を宙に泳がせる恰好をしたが、途中で止めた。その手の動きはまるで、亭主の心のうちを表現した手話のように見えた。

「契約しましょう、おじさん」

「ご主人はまだ何も……」

「あの人も、構わないって、そう言いましたわ」

女房はそう言うと笑いだした。不動産屋の親父は訝しく思ったけれども表情にはださず、空咳で紛らした。

しばらくして運転手食堂の女主人と客の夫婦は、不動産屋の親父を間にはさんで対面した。

「おじさんもご承知の通り、このお店は遠くからだって運転手さんたちが足を運んできてくれた、評判の食堂だったでしょ？　そんなわけで、チョンセ金に権利金を足して、もう一枚くらい上乗せして下さらなくちゃね。椅子とかテーブルはむろんうちのものですから、持って行かなくちゃなりませんけど」

紫色のみすぼらしいチマ〔スカート〕の上に、トウガラシの粉がこびりついている前掛けをした食堂の女主人が、言い分は不動産屋の親父に、それから視線は物色に来た夫婦のほうに向けて、抜け目なく言い張った。女房のほうは女主人の言い分があまりにもよくわかりすぎるあまり、目を丸くしているばかりだし、言い分がよく呑み込めない亭主は、何も言わずにこっくりとうなずいた。

亭主の動きを注意深く見守っていた不動産屋の親父が、

「さあ、それでは、契約するとしますかな」

と言って、片隅が切り離されているホーマイカ製のデスクへ席を移して、腰を掛けた。親父一人が忙しいだけで、残りの人たちはおとなしく腰を掛けていた。亭主が、思い出したように言った。

「さっき、ネズミが一匹、あの店の中へ駆け込んだでしょう」

店のことで何かケチをつけようとしていると、早とちりしたのだろうか、食堂の女主人がかっとなって怒りだした。

「いいえ、何でもありませんのよ」

そう言って女房が彼女をなだめた。

契約書と契約金を受け取って、女主人がまず席を立った。親父はポケットからタバコを取りだすと、亭主にも勧めて自分も吸おうとしたけれど、亭主が吸わないという身振りをすると、そのタバコを自分の口にくわえた。

「して、お宅さんも食堂をなさるおつもりで?」

口ではそう言いながらも親父の表情は、訊かなくたってそうに決まってる、と言っているようだった。

「いや、わたしたちは、書店を始めようと思ってます」

亭主のその言葉に、不動産屋の親父と女房が同時に、亭主のほうを見つめた。

「あなた、あなたは書店を始めたいなんて、おっしゃらなかったじゃありませんか。そうとわかってたら、書店向きの場所をもっと物色したでしょうに」

「ぼくも、いま思いついたんだ」

「お宅さんたち、ほんとにご夫婦なんですか？　年寄りをからかったりなさらず、さっさと手数料を払って下されや」

親父はことさらに不機嫌になって見せた。

果たせるかな彼らは、その場所に書店を開業した。運転手食堂だった頃、女主人が使っていた部屋は夫婦たちが暮らす部屋に、厨房は台所、それから客たちが飲み食いした店には大工がやってきて、書棚と陳列棚をこしらえたりして、幾日かは金槌の音が騒々しかった。亭主はベンゾールにたっぷりと浸した雑巾で、ガラス戸に書かれてあった「運転手食堂」という看板を拭いて、消していった。店内の造作がすっかり終わった数日後、書籍をぎっしりと積んだ青塗りのトラックがその店の前まで来て停まった。

道路の向かい側の自分の店でそうした動きを眺めながら、案じられるというようにしきりにかぶりを振っていた不動産屋の親父は、店を出てきて道路を横切ってきた。すぐ近くまでは来ずに、適当に距離をおいた場所で親父は歩みを停めた。いまやガラス戸の文字はきれいに拭き取られ、店内は隅々まで見渡すことができた。亭主が道路に面した陳列棚に、書籍を立てて並べていた。『恐怖の外人球団』『地獄のリング』『四大門派』『放浪のカササギ』などの漫画本。そこへ両腕にいっぱい書籍を抱えて現れた女房が、亭主に何やら言いだすと、抱えていた書籍をその場に降ろして、夫婦が言い合いを始めた。しばらくしてからは女房が陳列棚に、漫画本を片づけて月刊誌と単行本などを並べた。おしまいに亭主が、「帽子書店」という看板を戸口の前にぶら下げた。帽子という文字の脇にはチャーリー・チャップリンの、無声映画時代にかぶっていたそれとそっくりのシルク・ハットが描かれていた。書店の名前を考えながら、亭主は女房にこう言ったという。

「この世でぼくが何よりも好きな言葉は、帽子なんだ」

そんな、だからといって？　女房はもちろん、そんな表情をつくった。

昼食時とか夕食時に、食事をしようと立ち寄ったタクシーの運転手たちが、帽子書店の戸を開けて入ってきて、「食堂のおばさんはどこへ引っ越していったのか」と訊いたりした。それらの運転手の中の一人は、陳列棚をきょろきょろと見回していて、月刊誌の『主婦生活』を抜き取って代金を払った。そのほかにも客足が、まったくないことはなかった。初めはそこに――精肉店と薬局とベーカリーとゲームセンターなどが並んでいる間に、書店をだすことに違和感を隠せない様子だったけれど、しまいには近所の人たちも、その近くに書店はそこしかないことを、知るようになるかもしれなかった。

女房はけっこうまめまめしい女ときていた。本棚にもなっている間仕切りの裏側の薄暗い台所で、彼女はいつ見ても立ち働いていた。洗濯をした次にはキムチの材料などを洗ったり仕分けしたりして、それらを漬け込んでからは後片づけといった具合に、一つの仕事を終えるとまた別の仕事を見つけだした。

書店に訪ねてくる客の相手は亭主がした。客たちはあれやこれやと、問いかけて来ることが少なくなかった。たとえばある客から『青い自転車』という本はありますの？」と訊かれると、彼は探してみる気配も見せずに、「ありませんねえ」と返辞をした。そんな場合、女房が台所でその遣り取りを聞きつけて、亭主にどこそこの本棚に差し込んであるはずよ、探してみたらと教えてやった。

客足が途絶えた暇なとき、亭主は月刊誌のポスターとかさまざまなステッカーが張られている、出入口にへばりつくようにして立って外の通りを眺めた。ガラス戸にポスターとかステッカーを張りだす仕事は女房がしたので、それらは彼女の背丈ほどの高さまでしか張りだされていなかった。そのおかげで彼が外を眺めることに、何からも邪魔されなかった。

女房は手仕事をしていて、ふと店のほうがあんまり静かすぎるような気がすると、その場から声を張り上げて亭主に声を掛けてみた。

「あなた、いま、何をなさっていますの？」

「外を眺めているところさ」

「何が見えまして？」

「競馬商会の前に、三輪車が停めてある」

「それから？」

「いや、ただ、三輪車を眺めていたところだって」

「何か面白いものがありましたら、あたしにもちょっと教えて下さいな」

「ああ、そうするよ」

女房の所帯の切り盛りときたら、まるでカミソリの刃で切ったように徹底していた。指先が触れていくだけでも食器類はぴかぴかつやつやしているし、洗濯物は新品のように真っ白だった。しばし仕事の手を休めた女房はまたしても、小首を傾げて間仕切りの向こうの気配に耳をそばだてた。何の音も聞こえてはこなかった。いや何かの虫が、ぶんぶんと音を立てて飛び回っているような気がした。

「あなた」

「うん？」

「お店に蠅がいるみたいよ」

「そうかな、何もいないようだけど」

「あなたはまだ、外を眺めていますの？」

「うん」

「だったらしっかりと、眺めてご覧なさいな」

さりとて亭主は、何かに惹かれて丹念に眺めているわけでもなかった。彼は時たま姿勢を変えながら、そんな具合に立っているだけだった。彼は自分が、退屈しきっていることに気がついていなかった。突然、彼は背筋をぴんと伸ばしながら女房を呼んだ。

「早く、ここへ来てあれをちょっとご覧」

女房が濡れている手を拭き拭き駆けつけた。

「あれをちょっとご覧よ」

「どれどれ？」

背丈の低い女房は首を陳列棚のほうへ思い切って伸ばさなくては、外の様子を眺めることができなかった。

「自動車しかないではありませんか」

「あそこの、陸橋のあるところをご覧よ。犬が陸橋から下りてくるじゃないか」

「わたしはまた、何事かと思ったら」

拍子抜けした女房は、間仕切りの向こうへ戻っていってしまった。

「おかしいとは思わないのかい、あんたは？」

「あんなもの、何がおかしいのよ」

「ぼくには、おかしいんだけどな」

犬は車道をまっしぐらに横切ることができたのに、人間のように陸橋の階段を一段また一段と下りて来た。彼は好奇心いっぱいの目で、そんな犬を眺めた。階段を下りてくると犬は競馬場の塀の片隅へ行って、だしぬけに大きな伸びをすると、体を元通りに戻してからは、また別の冒険を探し求めて出かけるみたいに、尻尾をぴんと振り上げて道路の上手のほうへ姿を消した。そんな具合に見守っている間、おかしく思えていた何かが、彼の内部で音もたてずに解答に変わっていた。彼もううっと声を出しながら、大きな伸びをした。

女房がまたしてもお節介を焼きにきた。

「あなた、退屈していますの？」

「いんにゃ、面白いんだ」

「それなのになぜ、伸びなんぞしましたの？」

「だから伸びをしたんじゃないか」

次の瞬間、彼の瞳を不思議な光がかすめていった。

「そうだったのか、ようやくわかったよ」

「何がですの？」

「何でもないんだ」

彼は満足できるくらい畑を耕し終えた農夫のように、未練もなしに出入り口の傍を離れた。

その間に客は一人もやって来なかった。店の真ん中まで来て、彼はその場に立ち止まった。陽射しと静寂しかなかったのに、そこは何かが漲っているように感じられた。

亭主には時折、一人の若者が訪ねてきた。若者は二十歳を過ぎたばかりなのに髪はもじゃもじゃで、右の手首から肘にかけては火傷の痕があった。水にふやけてはち切れそうに膨れ上がっている、若者の素足の甲には、サンダルのベルトの跡が深々と食い込んでいた。若者は近所の銭湯のボイラー室で釜を焚いたり、男の客の体の垢スリをしたりする、三助をしていた。

若者は子どもの枕ほどの大きさの、ビニール包装のポップコーンの袋を背後に隠して、店先へ入って来た。小さな机の前に腰を掛け、トランジスターラジオを修理していた夫は、若者が背後に隠し持っているものが何かを、先刻承知していたのでにやりとした。若者は亭主に媚びでも売るように、しゃなりしゃなりと近づいていった。

「先輩、ぼくが何を買ってきたか、わかります？」

「さあ、わからないな」

若者はポップコーンの袋を後ろ手で放り投げ、前で受け取る妙技を披露した。

「ほう、ポップコーンか」

彼の女房はすでに声でわかっていたけれど、誰が来たのか気がかりだというように、台所からひょっこり顔を突きだした。けれども彼女は、亭主ほどには若者を歓迎していなかった。

「あなた、ラジオはもう修理できましたの？」

「まだだ」

「さっさとして下さいな」

女房の姿が元通りに台所へ入っていってしまうと、彼らは互いに顔を見合わせて笑いながら、スッポンのように首をすくめた。ところが、若者はじきに、女房が自分を歓迎していない気配など気にもとめず、大声でこんなことを言いだした。

「先輩、おれたち、漫画を見ませんか」

「言われなくたって、おまえが来たら見せてやろうと、しまっておいたものがあるんだ」

分解されたままのラジオを机の上の片隅に押しやって、亭主は棚から束ねてある漫画本をつかんで降ろした。彼らはおのおの机の両端に分かれて向かいあい、椅子に腰を掛けてポップコーンをむしゃむしゃやりながら、漫画本を見始めた。彼の女房の耳には、店内がにわかに水の中のように静まり返って、ぽりぽりとポップコーンを食べる音ばかりが聞こえてきた。女房は故意に器のぶつかり合う音、水を流す音などを大きく立てた。彼らは漫画に熱中しながらも、代わる代わるしきりにポップコーンの袋に手を伸ばした。そのうちにふとした瞬間、同時にポップコーンをつまもうと伸ばした手が、ぶつかり合うことがあった。すると彼らは顔を見合わせ、けらけら笑っては互いに、お先にどうぞという仕草をした。

瞬く間に漫画本をすっかり見終えて席を立った若者は、ちょっちょっと舌なめずりをしながら、店の中をきょろきょろと見回した。若者は稀らしいものを見つけたというように、素っ頓狂な声を上げた。

「おやあ、『人間市場』があるじゃない？」

「そんなの、ずっと前からあったわよ」

台所で女房がけんつくを食わせた。

「おまえ、あの本を読んだの？」

「おれが読んだっつうことじゃなくて、おれっちの銭湯の親父さんが、近ごろ読んでるんですって」

「面白かったぞ、おまえも読んでみるか？」

「お客さんが欲しがったら、どうなさるつもりよ？」

女房の声にもようやく、かなりの意地の悪さが滲み出るようになってきた。若者は椅子に腰を掛けたまま、両脚をぶらぶらさせながら、サンダルの踵で椅子の脚を、まるで太鼓でもたたくように蹴った。

「先輩もこんな辛気くさい商売なんかやめにして、銭湯を始めればいいのに」

「あの世間知らずったら。銭湯を始めるのには、どれくらいおカネが掛かるか知りもしないくせして」

女房の声。

「おれっちの銭湯にはお客さんが多いけど、ここは客がないじゃないですか。先輩が銭湯を始めたら、風呂焚きとか、お客さんの垢スリとかはおれが、いい気分になれるようにしっかりやってのけることができるのに……」

「きっと、そうだろうよ」

「おれ、自分の仕事が好きなんです。人の体から垢を落としてやってると、ですね。その人たちがみんな、兄弟みたいに思えて来るんですよ」

「それが本物さ。ぼくもいっぺん、誰かの垢を落としてやりたいものだな」

「おれっちの銭湯へ来たら。おれが先輩の背中の垢を落としてあげるから。先輩が来るなら、ただで入れるようにしてあげますから」

「こいつったら、ぼくがおまえの垢を落としてやらなくちゃ、兄弟みたいかどうか、わからないんじゃないか」

「だったらおれも、先輩の垢を落としてあげるし、先輩もおれの垢を落としてくれたらいいじゃないですか。いけねえっ、こりゃ大変だ。おれっちの親父さん、癇癪を起こしてるぞ」

帰るとも帰らぬとも言わず、若者は風を食らったように駆け出して行った。亭主は出入り口の前で、若者が消えていったほうをしばらく眺めていた。

「親父さんから、どやされたりしないかな」

「わたしだったらあんなやつ、たったいま追いだしてしまうでしょうよ」

亭主の独り言だったのに、女房のほうは自分を抑えきれなくて、またぞろ声を掛けてきた。

亭主はそれには何も答えなかった。彼は憮然として、道路の向かい側を眺めていた。その日は競馬が開催される日だった。塀の中の駐車場には乗用車とバイクがずらり停めてあったし、通りではタクシーがひっきりなしにやってきて、お客たちを降ろしていった。タクシーを降りたお客たちは、その日の競馬の予想表と入場券を買うために、切符売り場の前へ群がっていった。ほとんどが男だったけれど、ときには女の姿も混じっていた。

たったいま停まったタクシーから、中年の男と女が相前後して下りた。彼らの挙動は、タクシーを下りたときからちょっとおかしかった。一、二歩先を歩いていく男を女が追いかけていって、服の袖をつかんでしがみついた。女は草葉色の靴下カバーを履いて、紫色のサンダルを突っかけていた。男は袖をつかまれたままくるりと向きを変えると、女を罵った。

台所の女房には、店の中が静まり返っているのが、気がかりだった。

「あなた、怒ってますの？」

「いや」

「だったらどうして、じっとしていますの？」

「ぼくに喋らせないでくれ」

「ほら、ご覧なさいな。怒ってるじゃないの」

「そうじゃないったら。どこかの女が、競馬場へ入っていこうとする亭主の袖口にしがみついて、行かせまいとしたけれど、亭主はとうとう競馬場の中へ消えていってしまい、女のほうはむしり取った袖に取りすがって、泣いているところなんだ」

「あらっ、ほんとなの？」

走ってでてきた女房の手は、赤いゴム手袋のままだった。彼女は陳列台の上へ上体を深々と下げて、店の外を見渡した。彼女の顔は店のガラス戸に、いまにも触れそうになった。

「あそこの、あの女のことですの？　地べたに座り込んでいる」

「そうなんだ」

「むしり取った袖って、どこにありますの？」

「よく見てみろって」

いくら目を皿のようにして眺めても、女房の目にはその袖が目に留まらなかった。けれども女房は、亭主にそれ以上根ほり葉ほり訊かなかった。ただ、そうだったのかと信じてしまったのだった。

ある日のことだった。夜の間に雨が降り、街路樹はひときわ黄色味を濃くしていた。地上には黄色い柳の木の葉が落ちて、風に吹かれていた。

きちんとした洋服姿の一人の紳士が、髪に花かんざしをさしている女の子の手を引いて、書店の中へ入ってきた。見ていた漫画本を伏せて、亭主は机の前に立ち上がってその父親と娘を迎えた。

「これはこれは。誰かと思ったら、サンチョルじゃないか」

てかてかと禿げ上がったおでこを、髪の毛で隠しているその客が声を上げた。亭主と客は懐かしげに握手を交わした。女房はいつものように顔を突きだしたりせずに、間仕切りの隙間からその客を盗み見た。

「きみはいつ、ここへ書店をだしたのだ？　以前はこの場所に、食堂があったのではなかったかな、たぶん？」

「その通りだ。ぼくたちが店を物色しに来たとき、一匹のネズミがこっちへ入ってきたからな」

書棚から童話の本を抜き取って、ページを繰りながら覗き込んでいた女の子が、亭主を訝しげなまなざしで見上げた。彼と視線がぶつかると、慌てて顔を背けた。

「ぼくはこの裏の団地に住んでるんだ。これはぼくの娘で、クラスで一番の優等生なんだ。童話の本を買って欲しいとせがまれてね。出勤する道すがら買ってやろうと思って。きみはわが大学の工学部でも、ホープだったじゃないか。それなのにどういうつもりで、こんなところにくすぶって……」

大学の同窓生の背広の襟の、バッジに気を取られていた亭主は、それをもっとしっかりと見据えようと、友人の胸元へ顔を近づけた。友人は何気なしに一歩後ろへ身を引きながら、バッジに手をやっていじくった。

「これか、わが社のバッジだ。△△グループ、知ってるだろう？　そうそう、これはぼくの名刺だ」

「そうじゃなくて、バッジが逆さになっている気がしたものだから」

「そういうことなら、うちの娘がよく知っているんだ。おい、ミギョン、アッパ〔父親の愛称でパパと同じ〕のバッジ、逆さになってるかい？」

友人は自分の背丈を娘のそれに合わせようと、膝を折り曲げた。

「これでいいの。このバッジは手のひらが、外に向かって開いているみたいのほうが正しいの。そうでないと、自分が自分に手のひらを拡げたみたいになるでしょ」

「この娘ったら実に頭がいいね。いつか大統領のお嫁さんになれるぞ」

女の子を見つめる亭主のまなざしからは、心底から感心している賞賛の色がありありとうかがえた。

「この男ときたら、こんな片隅にくすぶっているものだから、世の中がどのように動いているのか、ご存知ないようだな。近ごろは大統領の嫁さんなんて、誰も羨ましがらないんだ」

「だったらお嬢ちゃんは、大きくなったら何になりたいのかな？」

「ちーだ」

女の子の目には亭主のほうが、かえって幼稚に見えたのだろうか？　それでも彼は、ひたすら女の子の歓心を買おうとつとめた。

「この本はおじちゃんが、お嬢ちゃんにプレゼントしよう」

「いいえ、うちのアッパが、おカネをお払いするはずです」

亭主はその父親と娘を、戸口の外までいって見送った。女の子は仕方なしに手を振って見せたけれど、ほどなく手を降ろしてしまい、路地へ駆け込むと、彼が店の中へ戻って行くまで隠れていた。

女房は間仕切りの外へ出てきて、亭主を待ち受けていた。水に濡れているシャツをはたいている仕草をしているばかりで、彼女の表情は腹を立てているようでもあれば、笑いを噛み殺そうとしているようにも見えた。店の中へ戻ってきた亭主は、何かに取りつかれたような表情で、わけのわからぬ手振りをしていて止めた。

「あなたはあたしに、高校しかでていないっておっしゃったじゃないの。なぜ騙したんです？その学閥だったら、あなただって一流企業へ就職できるんでしょ？　もう、あたし、こんな苦労なんて、真っ平ご免よ」

亭主は女房の言い分を聞いている間に、右手を何度も上げたり下げたりした。彼の女房は長い間に見慣れている、そうした手振りなどもはや見ようともしなかった。

女房は亭主をもうちょっと強く刺激しようと、不意に声を荒げながら手にしていた洗濯物を、彼の足許へたたきつけた。

「もう、何もかもうんざりなの。わかって？　いますぐに出かけていって、就職先を見つけてちょうだい」

亭主は、女房がたたきつけた洗濯物を拾い上げると台所へ持っていって、間仕切りの前にしばらくじっと立っていた。女房はひとりでに悲しみが突き上げてきて、机の上にうつ伏して泣きだした。けれども彼女の涙は、心の底から突き上げてくるほかの歓びのせいで、長くは続かなかった。それでも彼女は、泣いている仕草だけは続けていた。

しばらく経って顔を上げてみると、目の前に立っていたはずの亭主の姿が、煙のように消え失せて見あたらなかった。焼き餅を焼いてみるのもいい薬だといった顔つきで、彼女はようやくどえらい掘り出し物でもしたように、にっこりと笑った。

ところが亭主は、その日の晩も明くる日の朝も、帰ってはこなかった。女房は一睡もせずに夜を明かした揚げ句、銭湯の若者を訪ねてみた。そこにも亭主の姿はなかった。そこにいないとなると、彼女が探しに行ってみる場所など、もはやどこにもないわけだった。

彼女は洗濯をしながらも、食後の後片づけをしながらも、書店の掃除をしながらも、自分がどんな間違いをしでかしたのかと、よくよく考えてみた。いまにして思えば、あなたはわたしを、ご飯を炊いて洗濯をする女としか、考えていなかったのでしょ？　そうではないって？　だったらその証を見せてご覧なさいな。見せてご覧なさいって。

若者が気にして書店へきてみたら、台所からこんなふうに言い争う声が聞こえてきた。

「先輩は帰ってきたんですね」

「何ですって？」

目を真っ赤にしている彼の女房が、ひょっこり顔を突きだして若者を眺めた。

「いま、誰と言い争ってたんです？」

「あの人よ」

「先輩はどこにいるんです？」

「あたしの前にいるものとして、言い争ったのよ」

ところが、二日が経ち三日が経ちしたとき、女房はしきりに繰り返して思い浮かべてみたあの日の場面で、言葉の代わりに何かを伝えようとつとめているような、亭主の手振りを捉えることができた。わけのわからない象形文字みたいなあの手振りが、彼女の心の中で輝くばかりの閃光を放った。彼女は、遠からず亭主が帰ってくることを確信した。

砂漠の歩き方

外の空き地から子どもたちの騒ぎ立てる声が、時たま聞こえてきた。室内はしっかりと閉ざされた密室の中のように、ひときわ静まり返っていた。一匹の蠅がさっきからガラス窓の周りを飛び回りながら、脱けだしていく隙間を探し求めていた。やがてぼくは、長椅子に腰をかけているユン・ナミ（尹娜美）に視線を移した。

「さあ、そろそろこれくらいで、帰ったら」

彼女はうつむいていた顔を上げてぼくをちらりと見やると、ふたたびうつむいてきっぱりとした口調で言ってのけた。

「嫌よ。理由がわかるまでは、絶対に帰らないわ」

ふと、彼女のきっぱりとした物言いが、これまでぼくと彼女の間に横たわっていた沈黙よりも、ずっと耐え難いもののように感じられた。

「一体全体、さっきからしきりに、何の理由を言えと言ってるんだ」

「まるで、いままでわたしが話したことなんか、何一つ聞いていなかったみたいな口ぶりね」

ぼくはまたしても言うべき言葉を失くしたまま、最後に残っている一本のタバコを抜き取って口にくわえ、空っぽになった箱をしわくちゃに丸めて床に放り投げた。

「あの日あなたは喫茶店で、戦闘をしていたお話をわたしにして下さったことを、とても後悔している様子だったわ。それで、劇場へ行こうと喫茶店から出てきたとき、突然わたしの手を振りきって逃げだしていくその目つきから、わたし、それを感じたの。実際にわたしから遠ざかろうとしている点では、そんなことは初めてではなかったものね。ベトナム戦争へ行ってからというもの、まるきり別人になったみたいだったもの。ただ単に、わたしと接するときの態度ばかりではなく、人生のすべてを放棄するような態度というか？　わたしはその理由が知りたいのよ。待ってみたわ。あなたが自分からわたしに話して下さるか、さもなければある日突然、その人見知りするような顔つきを棄てて、昔のように親しみの籠もった微笑を浮かべて、わたしの前に立って下さることを。けど、もうこれ以上、待ってばかりはいられなくなったの。このままでいったらわたしたちの間って、遠ざかっていくばかりだわ。おまけにあなたは、せっかく脚光を浴びた画壇での注目さえも、失くすことになるわ。そのときはもう、後悔したって遅いのよ」

ぼくは彼女の、ねちねちと続く口説き文句を、ずっと耳に留めてはいたけれど、とうとう胸に迫ってくるものは何もなかった。だからこのぼくに、どうしろと言うのだ？　ぼくの視線はおそらく、そんなふうに問いかけていたのかもしれない。ナミは何かにぐいと突き動かされたような目つきで、ぼくをかなりの間睨みつけていたが、おもむろに唇を噛みながら、ぼくの傍らににじり寄ってきた。ぼくは彼女のロウソクのように長い手が、ぼくの手をしっかりとつかむ様子を見守った。薬指には二グラムほどの重さの、金の指輪があった。それは軍に入隊する前の晩に、ぼくがとある喫茶店ではめてやったものだった。その頃のぼくたちは、大学の卒業を一年後にひかえていた。

「まず、何よりも先に、そんな目つきを改めることね。それから二番目には、ちょっと何かをしてみなさいって言うの。勉強を最後まで終えるとか、創作活動を続けるとか、さもなければ、いっそのこと就職でもして、毎朝満員バスの中で、すし詰めにされてみたらって言うのよ。そうしたらこんがらがっている頭の中だって、ほどほどにまとまりがつくかもしれないから」

今度は何を言われても、耳に留めてはいなかった。ぼくは何気なしに彼女の指輪を抜いて、自分の小指にはめてみた。第二関節に邪魔されて、それより先へは入っていかなかった。やむなく抜き取って彼女の指へ戻してやろうとしたら、突如としてオクターブを一つ落とした沈んだ声で、ぼくの記憶を呼び起こそうとした。

「思い出さない？　この指輪をわたしの指にはめて下さりながら、何とおっしゃったかを。これはぼくが帰国する日まで、ほかの男とは話をしてもならないし、男を見てもならないし、笑ってもならないことを約束した証として、はめるんだからなとおっしゃったわ」

ところがぼくには、彼女の話の中の自分といまの自分が、まったく何の関連もないみたいに感じられた。

「もういっぺんそんな言葉をわたしに聞かせてくれたら……そうなの、わたし、まさにその言葉が聞きたいのよ。そうしたらどんなことがあったって、辛抱して待ち続けることができるの。けれども、このままではもう駄目よ。帰るわけにはいかないわ」

藪から棒に激した口調でここまで言われて、ぼくはいよいよ返す言葉を失くした気がした。ぼくはナミのすがりつくような視線を避け、席を蹴って立ち上がると、ベッドのほうへ来てごろりと寝転がった。

ナミは表情を強張らせてしばらくの間、机の上に額を押しつけてうつ伏していたけれど、やがて両手で口許を隠したまま、部屋を飛びだしていった。ぼくはじきに、自分がやりすぎたような気がして、追っていこうと思ったけれど思いとどまった。いまふたたび彼女が同じことを求めてきても、自分はやはり何も答えてやることができないから。窓の外を眺めたら、彼女は涙ながらに表門から飛びだして行くところだった。ぼくは窓を開けて階下の末の弟を呼んで、タバコを買ってくるように言いつけた。ちらりと上の階を見上げて、元通り家の中へ消えていく末の弟の表情から、家族がぼくを厄介者と見なしていることを見て取った。考えようによっては、それが当然かもしれなかった。すでに一年近くなるのだから。

初めて除隊証を身につけて、輸送船が釜山港へ入港するまでは知らなかった。会いたかった懐かしい幾つもの顔が、目の前をかすめていった。夢も、ロマンも、仕事も、野心も、すべては自分の手の中にそっくり握られているようだった。ところが列車の中で、荷物を脇に抱えたまま口を開けて寝入っている女、他人の目を盗んでこっそりといちゃついている男女、くちゃくちゃとガムを嚙みながら、新聞を覗き込んでいる中年男たちの姿を見たとき、何かが大きくはぐらかされた気分だった。その気分は、ソウル駅から見慣れた風景の中へ、滑り込んで行くにともなってかえってあべこべに、遠い遠い見ず知らずの土地へ後ずさりしていくようだった。ぼくはわが家へ到着したその最初の瞬間に、ベールに隠されているように自分自身が、あらゆる事物、あらゆる人々から遮断されているのを感じた。わが家で目を覚ました最初の日の朝を、ぼくは奇妙な非現実感のうちに迎えた。「こんな前線で豆腐売りのラッパ、テレビから流れてくる歌声、水道の水が溢れでている音などが聞こえてくるのは、なぜだろうか？」とつぶやきながら、辺りを見回したのだった。「こんな前線で」という感じは、その瞬間ある緊迫した危機に対処した、ぼくの生々しい意志だった。そしてそれは、いまだにぼくの体に染みついている、戦争の匂いだった。それなのに豆腐売りのラッパ、流行歌の歌声などを意識したとき、ぼくはまるで全身から力が抜けていくような気がしてきた。ぼくの内側にある緊迫感と比べると、外側はあまりにもナンセンスで天下泰平で、ともすると背徳的でさえあった。ナミも、大学へ復学してからの勉強も、さらには、ぼくからあんなにたくさんの夜を奪い去ったアトリエも、例外ではあり得なかった。ぼくにはふたたびそれらとの関係を始める、何らの興味も関心もなかった。日々が倦怠に満ち腹立たしいばかりだった。時折ぼくは自分の内側の緊張について、少なくとも隠しようのないその真実について、誰かに打ち明けようとつとめてみた。ところが、理解してくれる人間なんて誰もいなかった。

そうだ。いま思い出した。数日前の喫茶店でのことを。店内にはタバコの煙がもうもうと渦を巻いていたし、扇情的でハスキーなある女が、スローテンポのメロディーの歌を聴かせていた。どういうつもりでぼくがナミに、その話をしてやろうと思ったのかわからない。

ぼくは次のように、その話を始めた。

「ぼくはD高地で戦闘中の○○連隊の近くまで、水を届けるようにという命令を受けたんだ。飲料水が底をついたので連隊の全員が、戦闘どころか、焼けつくような喉の渇きと、闘っているという知らせがあったのだ。Tからそこまでは八十キロの距離だったな。ぼくとハン兵長〔後出の一兵とともに韓国軍の兵士の階級名〕は深夜に給水車を走らせて、Tへ向かったさ。一寸先の見定めもつかない闇と静けさ。唖れたようなエンジンの音は、闇と静けさという壁に弾き返されて、ぼくたちのすぐ耳もとで砕け散り、扇子の末広がりの範囲で闇が消されている、ヘッドライトの半径の中では、事物が極度に精密になってきて、まるで立体映画の中みたいに目の中へ飛び込んできたな。その精密さときたら、路上に転がっている石ころについている汚れ、草花にしがみついて眠っている虫類などの、微細なものたちまでも残らず、目の端に捉えられるようだったよ。ぼくはいろんな事物がまさしく自分の心臓と触れ合っている、なんていうそんな感じを、それまでは一度だって抱いてみたことはなかったんだ。時たま狐とか狼とかが道路を横断して、矢のように走り去っては消えていったりしたな。暗闇の中でのんびりと飛び回っていた蛾の群れが、突然のヘッドライトの明かりに方向感覚を失くして、車窓に頭をぶつけては、雨粒のように地べたに落ちて死んでいく。そのときのぼくの表情などは、純粋な感動と尽きることのない好奇心から、少年のそれのようにあどけなく見えたんじゃないかと思うよ。ぼくはハンドルを握っているハン兵長の腕を小突いて、車窓を指さしたさ。ところが彼は、怯えきった蒼白い表情で、ぼくにちらりと横目で一瞥をくれただけだったな。それもそのはずで、血管の中を動いている血液の循環さえも感じられそうなこの非常な感覚、おまけに心の底から泉のように沸き起こる、溢れ返るような生き生きとした感じがなければ、あの車窓に体当たりして死んでいく蛾の群れごときなど、ちっとも不思議でも何でもないからなと思いながら、ぼくは自分一人でにっこりとしたさ。ハン兵長はふたたびちらりと顔を向けると、間延びしたような声で声を掛けてきたよ。「チャ一兵は、怖くないのかな?」「はいっ、ちっとも怖くありません」「大したものだ。この辺りなら敵が、どこからだって出没するからな」「自分は敵よりも、心底から怖いのは無感覚になることだと覚りました」「おれは除隊したら、すぐに結婚するつもりだ」「いつのことでありますか?　除隊は」「三ヵ月残っているな」「自分はいままで、まるで夢でも見ていて目を覚ましたみたいです。ここへ来てからはまさに生命のど真ん中を、貫通した感じであります」。ところが、途中でエンジンが故障してしまってね。修理に何時間か手間取ったらもう、夜が明け始めるじゃないか。いよいよこれから、ほんとに危険が始まるんだという気がしてきたな。なぜかというと、敵の偵察機に発見されたら、空中射撃される心配があったうえ、かんかん照りの猛暑が容赦なしに襲いかかってくるし、それもまた耐え難いことだったのさ。ぼくたちが全速力で走り続けて、目的地まで八キロほど余した頃には、陽が中天にかかっていたな。そのとき、航空機の音が近づいてくるようだと思うと同時に、どこからともなく撃ち込まれた砲火が、地軸を揺るがすような轟音とともに、ぼくらの行く手に火柱を上げたんだ。ぼくは目の前がくらくらする衝撃のうちにも、ハンドルを握っている手に力がはち切れそうなのを感じたな。なおも突っ走ったさ。次には機銃射撃が始まったみたいだった。この四方からの閃光にも似た火花と薬莢が弾きだされる音とが、耳と目を塞ぎたくさせたよ。このときのぼくの心の中には、自分の生命のほかにも、水の到着を待ちわびている数千の生命への悲壮な意志が、梃子でも動かない岩のように固まっていたんだ。給水車のタンクに銃弾が命中したみたいだったよ。ざあーっという水のこぼれだす音が聞こえて来ると、目が爛々と光りだした気分だったな。するとまた次の瞬間には、すぐ目の前で閃光がぴかりと光ったかと思うと、車窓が木っ端微塵になる音がしたよ。それと同時に隣の座席にいたハン兵長の体が、ぼくのほうへ倒れてきた。ぼく自身も右肩が、何かにぐさりと突き刺されたようだった。上衣の外へ、血が噴きだしてくるのが見えたものな。依然としてハンドルを握ったまま、ハン兵長の体を自分の体で押し返したら、呆気なく前のめりにがくんとつんのめってくれたよ。足許には血が溜まっていたな。ぼくの腕からも休みなしに血が流れ出て、瞬く間にハンドルを握る手が、血塗れになってしまった。ようやく痛みを感じるようになったな。意志と勇気と、そのほかのあらゆるものが、どんどんその痛みの中へ吸い込まれていくようだったよ。もうじきだ、もうちょっとだけ走ってくれと、自分を叱咤激励するために、喉も張り裂けんばかりに怒鳴ったさ。けれども右腕はますます麻痺してきて、まともに動いてはくれなかった。給水車を停めて上衣を引き裂くと、右手をハンドルにくくりつけたさ。そうしておいて、ふたたび突っ走ったのよ。かなり前方の樹木の間に、味方の歩哨の幕舎が見えたと感じた途端に、ぼくは気を失ってしまったんだ」

ぼくはそのときの緊張感が息を吹き返したように、全身がはち切れそうに張りつめてくるのを感じた。そのとき、

「ああ、勲章はそれで授与されたのね！」

突如としてカメラでも突きつけるような、ナミの朗々とした声にぼくはどぎまぎしてしまった。

「するとあなた、ベトコンとは一度も銃火を交えたことってなかったの？」

白い花柄のドレスを着てマスカラをつけた目で、ぼくをまじまじと見つめる彼女が、このときほどよそよそしく見えたことはなかった。結局のところ、ぼくが聞かせてやった話の中に込

められている意味は、彼女に何一つ伝わらなかった。血なまぐさい戦闘も、戦死してつんのめった戦友も、炸裂する砲火の音も、彼女にはすべて、活字化された話くらいにしか聞こえなかったのだった。ぼくは凄く不愉快になってきて、棚の上においてあったタバコとマッチを取りあげた。

「もうお帰りになるの？　もうちょっとゆっくりなさってから帰ったって、宜しいじゃないの？」

返辞もなしにぼくが先に外へでると、ナミもすぐに後を追ってでて来て、ぼくの腕に自分のそれを絡ませた。ぼくは突然こみ上げてくるむかつきを抑えきれなくて、彼女の手を力まかせに振り払うと、後ろも振り向かずしゃにむに走りだした。これがその日にあったことだった。

ぼくはいま、さまざまながらくた——一幅の古ぼけた風景画・時計・電気スタンド・家族写真・軍用フラッシュ・トランジスターなど——の中におかれている、乙支武功勲章を眺めている。一個のちっぽけなその金属の切れ端を。

ぼくは椅子を、北側の窓の前へ引っ張っていった。ここからはおよそ四百坪ほどの空き地が見渡せる。住宅街の中にある、空き地のどれもがそうであるように、この空き地だってさほどきれいではない。それでもぼくはわが家の前庭と、その向こうにアスファルトの道路が見える南側の窓の前よりは、ここでほとんどの時間を過ごしていた。幾日かの間に雨が降ったせいか、空き地には大きな水溜まりができていた。雨が降らなくたって、深々とえぐり取られている穴にはいつも水が溜まっていて、雑草の温床になってきたけれど。そこへきて近所の人たちがゴミを持ってきて棄てるので、練炭の灰・オンドルの煙道の上におく板状の石の割れたもの・ビン・空き缶・布きれといったものが、ときには水溜まりに沈んでおり、またときには泥まみれで転がっていた。ぽってりと地面が盛り上がっていて水が溜まっていないほうでは、子供らがボールを追ってあちこちと駆け回っており、おかっぱ頭の二人の女学生が自転車の乗り方を習おうと、よろけたり倒れたりしていた。その片方の側には、真っ黒く垢にまみれたビーチパラソルが一つ、無造作に開かれていた。白地に赤で書かれている、「ｃｏｃａ　ｃｏｌａ」という英語の文字が、いまだにはっきりと読み取れた。その下に箱を一つ伏せておいて、べっこう飴という菓子をこしらえて売っている年寄りがいた。お年寄りのお得意さんは、いま空き地でボールを蹴り合っているちびっ子たちである。ちびっ子たちが十ウォン銅貨一個を差しだすと、赤砂糖に重曹を加えてこしらえた砂糖菓子が二個、返ってくる。いまパラソルの下に人影はない。客も主も見あたらない。

水溜まりのあるところへふたたび視線を移していったぼくは、そこにお年寄りの姿を見つけた。ずんぐりとした背丈と、高校生のように丸刈りにした髪――白髪になってすっかり銀髪だった――が目に馴染んでいた。お年寄りは今日も相変わらず、黒のズボンにカーキ色のジャンパーといった出で立ちだった。それにしても、お年寄りはあそこで何をしているのだろうか。いつも連れまわっている、黄色い老いぼれ犬の首根っこをつかんで引っ張っていくと、ゴミと水溜まりの中を掻き分けて何かを探していた。その顔つきのすこぶる真剣なことと、ひたむきなことを見ると、必ずや何かもの凄く大切なものをそこで失くしてしまったことは、間違いないように見えた。老いぼれ犬は鼻を地べたにすりつけんばかりにして、時折くんくんと匂いを嗅ぎながら従いてまわるかと思えば、お年寄りのほうは棒切れで水溜まりとゴミの山の上を引っかき回しながら、一歩また一歩と注意深く歩みを移していくところだった。折からゆらゆらと沈んでいく、色褪せた暮れ方の陽射しは、お年寄りと老いぼれ犬の振る舞いに、何らかの緊迫感を加えてやっているようだった。ぼくは出し抜けに、そうした光景が呼び起こす粛然としたものの中へ、巻き込まれていってはまり込んだ。ぼくはなおも目を離さずに見守っていた。どれくらい経っただろうか？　向かい側に並んで建っている家々の一軒から、見慣れない一人の男の子が駆け出してきて叫んだ。

「お爺ちゃん、べっこう飴下さい！」

お年寄りが捜し物に夢中になっていて、聞き取れずにいると、男の子はお年寄りのほうへ何歩か寄っていって、幾らか腹立たしそうにふたたび声を張り上げた。

「お爺ちゃん、べっこう飴だったら！」

「おお、そうか、わかった」

そう言ってようやく、お得意さんのほうへ向きを変えたお年寄りの表情には、虚脱したような失望の陰が墨汁のように拡がっていた。その失望の陰は、表情ばかりでなくお年寄りの全身を包み込んでいて、さっき水溜まりの中を探しまわっていたときとは打って変わり、色濃い悲哀さえも感じさせた。やがて犬と男の子とお年寄りは、相次いでパラソルの中へ消えていった。

ぼくは強張ってきた首筋を左右に動かしてみながら、新しいタバコに取り替えて口にくわえた。いささかばかばかしいという感じが、突き上げてきた。あんなもののどこが、そんなに大した光景だからって、そんなに長時間、心を奪われて見守っていたのだろうか。自分自身でさえ信じられなかった。ところが男の子が帰っていくと、お年寄りはまたぞろ犬を連れてさっきのあの場所へ戻っていくではないか。ぼくは意識的にそれを見るまいと、視線をよそへ向けたけれど、ほどなくふたたびお年寄りの姿を追い求めてしまった。何か強力な磁石に引き寄せられるようにして。タバコを三本も立て続けに吸っている間に、それまで気づかなかった意識が場所を占めて、現れ始めていた。それは、お年寄りが何かを懸命に探し求めているという、そのこと自体が、ぼくの無気力に対する挑戦のように思われるという点である。そうした意識がいよいよはっきりしてくればくるほど、得体の知れない憤怒がゆっくりと沸き起こりだした。ぼくは歯を食いしばって、下の階にある自分のアトリエへ降りていった。

錠にキーを差し込むぼくの手が、わなわなと震えていた。じめじめしたカビ臭さが、つんと突き刺さるように鼻を打った。ぼくはいっときドアにもたれて、室内の一点を睨みつけて突っ立っていた。けれども、まるで永らく性的に不能だった者が、ヒステリックに性的に刺激されたときのように、せかせかとキャンバスの前に腰を下ろした。けれどもそれきりで、そこから何かが、しっかりと閉ざされている気分だった。何かがぼくの中で、ふたたび取り戻すことができないくらい、砕け散ってしまったことは紛れもなかったけれど、お年寄りの生真面目な表情を、その粛然とした雰囲気を、ぼくは自分の気持ちと結びつけようとつとめた……。

いつの間にか白かったキャンバスが闇に溶け込んでいき、まったく見えなくなった。ぼくは体を起こした。じんわりと滲みでてきた汗が、衣服をべとつかせるのが感じられた。強張ってきた脚を引きずって壁際まで歩み寄ると、指先でまさぐりながらスイッチを入れた。カチッという音とともにぼくは、もういっぺん部屋へ入って来たかのように錯覚した。事物がひと足さらに遠退いていくさまを、ぼくは潤いのないまなざしで一瞥した。がらんとして空っぽのキャンバス、その傍らにおかれているテーブル、その上にはさまざまな画筆、絵の具を混ぜ合わせるのに用いる小皿の群れが、白っぽく埃をかぶったまま散らばっていた——壁にもたれかかっている絵たち、石膏造りのビーナスの胸像とL教授の胸像、ぼくの視線はここへ来て留まると、まるで釘づけにでもなったように微動だにしなかった。ビーナスのそれは別として、もう一つはぼくが大学の二年のときに制作したもので、モデルはL教授だった。ある日のこと彼がにわかにぼくたちの脚光を浴びるようになったのは、教授と学生たちとの間で週にいっぺんずつ繰り広げられているディベートで、教授が発言した一言のせいだった。

「ぼくはキリストがメソジスト派ではない事実を知ったとき、またなおのこと韓国人ではない事実を知ったとき、もの凄く大きなショックを受けたんだ」

この発言はすぐさま教室の外へ洩れていって、大きな物議をかもした。原則的に信仰の自由が保証されている学生たちの間では、熱狂的な賛辞をものしたけれど、メソジスト派によって構成されている大学の理事側、わけても彼らの推挙を受けていた教授たちからは、もの凄い反撥が生じた。ある日、理事長は自分の部屋へL教授を呼びつけたという。年齢はL教授より五歳も若く、市内に十階建て以上の高さのホテルを二つも持っている、篤実なメソジスト派のクリスチャンだった。L教授は足首の辺りまで埋もれてしまう、グリーンのふかふかした絨毯の上を、十メートルほど歩いて行って、電話を受けている理事長の前に立たされたという。理事長の電話はそれからもさらに十分も続いたらしい。やがて受話器を置くが早いか、理事長は単刀直入に切りだしたそうである。

「わたしどもは学生諸君が痛嘆するほどの、末世的な無神論に染まることを願ってはおりません。先生はこれから、キリスト教哲学を教えねばならないことを、肝に銘じて下さい」

これにL教授も答えたという。

「はあ、理事長、パク教授——理事長の弟——が彼の教科目を、キリスト教物理学と呼ぶならば、わたしも自分の教科目を、キリスト教哲学と呼ぶことに致します」

ぼくたちが教授と最初に顔を合わせた時間だった。一メートル六十センチにもなるかならないかくらいの背丈に、ひょろりとした体つきの、年齢よりはずっと老け込んで見える男が、定時に教室のドアを開けて入ってきた。彼は教卓の上にノートを拡げるやいなや、腕組みをして窓際へ行った。ぼくたちはかなりの時間、教授の背中を眺めていなくてはならなかった。やがて眠気をたっぷりと含んだような声が、ぼくたちに向かって飛んできた。

「キム○○君、きみ、いっぺん答えてみるか？　二頭の飴色の牛が引っ張っていく馬車にとって、もっとも大切なものは何だろうか」

キムはきょとんとした顔つきで、周りを見回してから答えた。

「飴色をした牛です、先生」

「合っているかな？　チェ○○君」

「ぼくは車輪だと思います」

チェが自信ありげな口調で答えた。

「その通りかな？　ソン○○君」

十名の学生たちがそれぞれ間違った答えをした後でようやく、L教授はぼくたちのほうへ向きを変えた。黄ばんで見える顔と小さな二つの目には、病的な好奇心ときらめくようなユーモアが満ち満ちていた。

「ぼくの考えでは、どれも間違っているようだ。それは、牛馬が牽く車に対する概念、すなわち青写真です。青写真がつくられた後ならば、どんな橋だろうと車を引っ張れるものです。諸君はたいてい、自分の心を事物を貯蔵しておく倉庫としてしか、使用していないようです。

そんなものは、考えることではありません。哲学は考えることです。それは、科学と宗教の間におかれた橋なのです。さらにまた、各人が自分自身のことを探求する学問なのです。それは美しさを愛する感情であり、正しい徳を積む訓練でもあります。それから、何よりも大切なことは、真理を探究することです」

教授はここでしばし言葉を中断して、悪戯っぽく笑みを浮かべた。

「諸君、ようやく気持ちが、幾らか動揺したかな?」

しばらくしてぼくたちの笑いが止むと、教授は話を続けた。

「これから何ヵ月かかろうと、いっぺんわれわれは、種を播いてみるとしましょう。そうしておけばいつの日か、収穫を得られるはずだから」

この最初の授業はぼくの心に、忘れがたい印象を植えつけた。ぼくはいまだに、教授を尊敬しているものと信じていた。ところがあの胸像を見た途端に、何か耐え難い欺瞞を発見したような感じにとらわれた。あれは偽物だ、本物ではない、埒もない技巧だし、でっち上げだ。それにしても、こうした感じがどこから出てきているのか、ぼくにはしかとはわからなかった。胸像をつくったぼくの、誇張されたリアリズム的手法に起因しているのか、それとも、そうした手法によって形象化される以前の、実在の人物それ自体から来るものなのか、ことによるとこの二つのどちらも、さほど関わりはないのかもしれない。より直接的で根本的な原因は、ぼく自身の中にあったから。

ぼくは不愉快で、それ以上そんなものを眺めていることに耐えられなくなってくると、傍らにおかれていたスチール製の椅子を取りあげ、胸像をめがけて力まかせに投げつけた。そしてアトリエの外へ飛びだした。

さっきからぼくは窓際に立って、お年寄りが現れるのを待ち受けているところだった。今日もお年寄りがあんなに真剣な顔つきで、失くしてしまったものを引き続き見つけだそうとするのか。きっと、そうはならないだろうとぼくは信じていた。けれども、万に一つでもお年寄りが、昨日と同じ姿でぼくの前に現れたら、無聊なうちにもそれなりに安定している、ぼくの日々の生活のリズムが根こそぎ揺れ動くかもしれない。お年寄りが窓の外で、何かをしきりに探し求めているかぎり、ぼくは引き続き挑戦されていることになるわけだから。そのため、事実関係をもうちょっと明確に把握する必要があった。お年寄りが探し求めているものの正体が何なのか、あれやこれやを調べていくうちに、お年寄りのそうした粛然たる態度と、失くしてしまったものとの間の相関関係だって、わかってくるだろう。とにかくいまのぼくは、お年寄りと一言、話でも交わしてみなくては耐え難い心境だった。

とうとう、自転車に荷物を積んで空き地の中へ入ってくる、お年寄りの姿が目の端にとらえられた。その傍には犬が、小走りに従いてまわっていた。昨日とほとんど同じ場所に、お年寄りは自転車を停めて荷物を降ろした。ビーチパラソル・箱・火のついた練炭の類が、次から次へとあるべき場所におかれた。ところがしばらくして、ぼくを驚かせることが繰り広げられた。

支度を終えたお年寄りはじきに、パラソルの下から抜けだしてくると、犬をしたがえて水溜まりのほうへ向かうではないか。犬は一日の間に、目に見えてすっかり衰弱しきった様子だったし、お年寄りのほうもくたびれ果てて、へとへとといった様子ではあったけれど、粘り強い何らかの力がお年寄りの全身から、こんこんと噴きだしているみたいだった。ぼくはすっかり安定を失くして、部屋の中を行ったり来たりした。信じられなかった。嘘だ。何がお年寄りに、あんなに大切に思わせるように仕向けるというのだろうか。いや、お年寄りはどんな、埒もない妄想に取りつかれているのだろうか。ぼくは部屋から飛びだしてきた。

空き地へやってきてしばらく様子をうかがってから、ぼくは昨日の男の子がそうしたように、お年寄りを大声で呼んだ。

「おじいさん、べっこう飴を下さい」

ぼくの声が大きかったせいか、お年寄りはこの一言で後ろを振り向いた。びっくりしそうなものだが、無表情なお年寄りは返辞もせずに、犬をしたがえてこちらへ戻ってきた。

このとき初めてぼくは、お年寄りの顔とか身なりとかを、つぶさにうかがうことができた。皮膚は黒いほうだったし、額と鼻の周りにとても深いしわが、まるで襞でもつけたように刻まれていて、ちょっと見には手入れをしていない皮革を、無造作に折り曲げておいたみたいだった。それから眼光は、どんよりとしてはいたけれど、ある種の粘り強い意志を感じさせる底光りがしていて、そのせいかお年寄りの印象全体が、陰鬱ではあっても絶えることのない力——

たとえ何かを押し倒せるほど強くはないにしても——の固まりのようだった。それにしてもこれは、顔の表情から感じられるというよりは、お年寄りの体全体に染み込んで、滲みでてくる匂いみたいなもので、お年寄りの表情ときたらむしろ愚鈍で、無表情なそれであった。身なりは薄っぺらでくたびれた黒のズボンに、カーキ色のジャンパー、したがって、いつも着てまわっている服装そのものだった。また犬を見ると、老けてもいるけれどまるで何かの病気持ちみたいに、目の縁が赤みがかっていて、目やにがひと固まりこびりついていた。そのせいか犬の瞳には、何がなし苦痛の色がうかがえ、無理やりに生きているといった目つきだった。

ぼくはお年寄りが履いている黒のゴム長靴に、水溜まりのどろどろした泥土が、べとべととこびりついているのを見下ろしながら、お年寄りの後に従いてパラソルの下へ入っていった。そこにあったのはぴかぴかの、ちっぽけな鉄板が貼りついているリンゴ箱が一個と練炭コンロが一個、それがすべてだった。お年寄りは、木枕みたいな小さな箱の上に腰をかけた。そうして、箱の中から砂糖を取りだして、匙にひとつほど柄杓に入れて、それを練炭の火の上に載せた。白っぽい砂糖が黒っぽく変色しながら、べとべとした液体になると、箸の先で重曹をぐいっとつけて砂糖の中へ入れて掻き回した。黒っぽく変色していた液体はさらに、茶色っぽい飴色に変色しながら、柄杓の上で溢れんばかりにふっくらと盛り上がってきた。お年寄りはそれを鉄板の上にひっくり返しておいて、また別の鉄板でぐいっと押さえつけた。しっかりと押さえつけた鉄板を上げると、煎餅のように薄い砂糖菓子になってでてきた。けれどもそれだけで終わるのではなくて、何かの飛行機みたいな形をした針金をその上に載せると、またしても鉄板でもって押さえ込んだ。すると、飛行機の模様をした図柄が刻まれてでてきた。

お年寄りはようやく出来上がったそれを手渡しながら、ぼくをちらりと見やった。それを受け取りながらぼくは話しかけた。

「もう五つほど、こしらえて下さいな」

お年寄りがふたたび、同じ順序を繰り返しているのを眺めながら、ぼくは口火を切った。

「おじさんはあの水溜まりの中に、何かを失くしてしまったんですか?」

お年寄りは手を停めて、ぼくを正面から見すえた。ぼくはばつが悪くなって、照れ笑いをした。ふたたび手を動かしながら、お年寄りは二、三度うなずいた。

「何をです?」

「勲章だあ」

「何の勲章です?」

一部始終を洗いざらいぶちまけさせてみたいという魂胆から、ぼくはいささか誇張して自分が真剣なところを見せた。お年寄りはそんなぼくの表情を、慎重にうかがった後でようやく、重い口を開いた。

「息子がベトナム戦争で、もらったものだあ」

ほう、この程度ならもはや、すべてがわかるような気がする。ぼくはトランプのジョーカーをつかんだときみたいに、やたらと気持ちが揺れた。

「む、息子さんがベトナム戦争に出兵なさってたんですね？」

「………」

ぼくはここで、自分のことを話そうか話すまいかと思案したけれど、止めにした。その代わりいささか下品な空咳を、二度三度と続けた。

「さぞかし戦闘での勲功が、大きかったんでしょうね？」

「大きいの何のって」

お年寄りの声にはにわかに力が満ち満ちて、表情にも何がなし生気が蘇ってきた。

「息子のやつときたら、それが、猛虎作戦とか何とかいう、そんないくさの折にたったの一人で、十名ものベトコンを相手に闘いおったというでよ」

「すると、もの凄く勇敢無双だったんですね」

「そうよ。あいつときたら、十五、六歳になったばかりの頃、村の裏山でたった一人で狐を生捕りにしたくれえだでよ」

「そうでしたか？」

「それだけでねえだぞ。腕っ節の強さときたら、一俵の米を担いで、一里の道のりくらいは息も切らずに歩き通すだわ。だからといって馬鹿で、間抜けなやつなんぞとは絶対に違うだぞ。中学だって高校だって、優等で卒業したわな」

「ひゃあ、実に立派な息子さんなんですね。で、いまでもベトナムにいるんですか?」

お年寄りはにわかにしょげ返って、表情に悲しみの色を浮かべた。

「いんにゃ」

すでに察しがついていたことなので、強いて訊こうともしなかったけれど、お年寄りのほうからそう言った。

「死んでしまったわな。あの何、アンケとか何とかいういくさの際に」

「ああー、かの名高いアンケ高地奪還作戦でですか? ぼくも新聞で読みました。ベトナム戦争の中でも、もっとも熾烈をきわめたそうですね。韓国軍の兵士たちが、とても勇敢に戦ったと言われています」

ぼくがこうして煽り立てるようにはしゃいで見せても、お年寄りの表情にさっきまでの生気は二度と戻ってこなかった。しばし対話は途絶えていたが、ぼくが訊いた。

「それにしても、どうしてそんな大切な勲章を、失くしてしまったのです?」

「それよ。あの子のことが思い出されたとき取りだして見ようと、いつも懐にしまって歩いとったんじゃけど、この辺のチビ助の一人が、あんまり見せてくれとせがむもんで、取りだして渡したんじゃ。そうしたらそのチビ助のやつ、勲章を見たうえで自分の胸に下げ、遊んでおって失くしてしもうたんじゃよ。子供らの話じゃと、そのチビ助が勲章を下げて、あの水溜まりのあるところで、遊んでおったというのじゃ」

「そういうことでしたか。その勲章は、どんなふうにできていました？」

「人の話じゃと、乙支武功勲章とかいったかかな？　等級にしたら、二番目に位の高いものだとか」

するといま、ぼくの部屋にある、単なるちっぽけな金属片と同じだ。それなのにお年寄りは、そんなものを、絶対に近い意味のように思い込んでいるのだ。

ぼくは複雑な微笑を隠したまま、まるで罪人に懐柔をこころみるようなけしからぬ気分で、さらに問いただした。

「では、おじさんはいま、どなたと暮らしているんです？」

「九つになる孫娘と一緒だあ」

「ほかには誰もいらっしゃらないんで？」

「婆さんは息子が戦死したと知らされて、失神しおってから、それっきり目を覚ますことはなかったし、嫁は息子がベトナムへ行って四ヵ月目に、浮気の虫に取りつかれおって、幼いわが子を置き去りにしたまま、どこぞへ行方をくらましおったわな」

「それじゃ、もの凄く寂しいですね」

お年寄りを慰めるというよりも、何がなし得意になった気分でぼくは言った。

「なんの、孫娘がおるがや。あれは奇特な娘でのう、わしが家へ帰ると、飯を炊いてしっかりと温めて、戸口の外へ迎えにでて、帰りを待ちおるけん」

お年寄りはぼくが罠を仕掛けたことに、気づいているのかいないのか、すこぶる淡々としていた。

「ところでその犬は、どこかをひどく患っているみたいですね？」

ぼくは主人の傍らにぴたりと寄り添って、手足を地面にだらりと伸ばし、ぼんやりと前方ばかり眺めている犬を指さした。犬は生きているということの虚しさを、誰よりもよく知っているようだった。

「こいつだって、おのれの主人を待ちくたびれたんだわ」

お年寄りはしばし犬のほうを眺めてから、ふたたびべっこう飴を焼く手を働かせた。

「おじさんが主人ではないのですか？」

「わしではねえだよ。わしの息子のやつが軍へ入隊する前に、乳離れもしておらん子犬をどこぞからもろうてきて、可愛がって大事に育てたのがこの犬だわな。あいつの主人はわしの息子だわ」

三枚の銅貨を払って、ぼくは尻をはらいながら立ち上がった。その銅貨を空き缶に入れながら、お年寄りもその場から立ち上がった。外へ出てくるとお年寄りは、背後で冷笑を込めたまなざしが、射るように見つめているとも気づかぬまま、ふたたび犬と連れだって水溜まりのほうへ黙々と遠ざかっていった。

お年寄りはすでに四回も、ぼくが目印をつけておいた辺りをうろつくばかりで、肝心の場所は素通りしていた。

ぼくは昨日、暮れ方にお年寄りが帰って行ってから、自分の勲章を持って空き地へでていった。そうしてそれを水溜まりの中へ投げ込んでしまって、見つけやすいように目印をつけておいた。四日間もずっと見守ってきながら、残忍な好奇心に身をわななかせてきた揚げ句、このような結論を得たのだった。ぼくの知っている真実というものが、言葉では表現しがたいうえ、それを話してやったところで、果たしてお年寄りに理解できるかどうか、疑問だったのだ。それよりもいっそのこと、泥まみれになっているみすぼらしい勲章を、お年寄りの鼻先へ突きつけてやったほうが、ずっと効果的なように思えたのだった。そこでぼくは、お年寄りの格別の意志というのがとどのつまり、無知から出発していることを、自ら確認させたかった。お年寄りの目の中から希望も、意志も、信じる気持ちもすべて消え失せ、その代わり砂漠のように広々として果てしのない、虚無の姿が映しだされてくる光景を見届けてこそ、ぼくはようやく以前の暮らしに心おきなく戻っていけるような気がした。

これで五回目だ。陽はますます傾いていく。このままお年寄りにまかせておいたら、今日という日もやり過ごしてしまいそうだった。ぼくはじりじりして部屋の中を歩き回っていたけれど、とうとう外へ飛びだした。

ぼくが空き地までやってくると、向かい側の路地から抜けだしてきたばかりの、一台の自転車がぼくの傍まで来て急停車した。自転車の荷台には、醤油を入れる甕がくくりつけてあった。甕を売って歩いている少年と思われた。年恰好は十四、五歳くらいだけれど、顔つきは商人としてすでに、一人前に世間ずれしていた。少年は自転車から軽々と飛び降りると、お年寄りに向かって声を掛けた。

「お爺さん、たくさん儲かりましたか?」

二人が話し始めたものだから、ぼくはお年寄りのほうへ進み出ようとした足を、しばし停めた。

「おうよ、儲かったわな」

お年寄りが自分のほうを見向きもせずに返辞をしたせいか、少年は気に食わないというようにつぶやいた。

「まったく、笑わせる爺様だよ」

少年がまるで自分の家みたいに、パラソルの下から中へ入ってしまうと、ぼくはさりげなくお年寄りの背後へ近づいていった。そしてしばらくお年寄りのしていることを観察していて、それとなく声を掛けた。

「まだ見つからないみたいですね?」

お年寄りの肩がぎくりとした。続いて声のしたほうを、ちらりと振り向いてみた。それきりだった。返辞はなかった。

「だったら、ぼくがちょっと、探しだすのをお手伝いしましょうか？　ほら、どうです、こうしてゴム長靴まで履いて、棒切れだって拾ってきましたから」

厚かましく振る舞いながら言葉を掛けても、うんともすんとも答えようとはしなかった。表情もまた無愛想そのもので、お年寄りの意中をさっぱり推し量ることができなかった。推し量ることができようとできまいと、ぼくの考えはもはやひるがえすことができないようにしようと、こ水溜まりの水の中へ、無造作に足を踏み込ませた。何ひとつ気取られないようにしようと、ことさらに水溜まりとゴミの山の中を、しばらくの間引っかき回しているふりをした。そのうちにとうとう、目印と定めてあったススキの前まできて、足を停めた。お年寄りの動きをこっそりとうかがいながら、棒切れで泥水の中のあちらこちらを突っついていたら、しばらく経って金属片らしいものに突きあたった。それを棒切れの先で引っ張り上げて手のひらに移して覗き込むと、ぼくは出し抜けに大声で叫んだ。

「何かそれらしいものを、見つけたみたいです。これを見て下さいよ」

お年寄りに向かって、手の中にあるものを振って見せた。お年寄りはしばらくの間、自分の目を疑うようにじっと見つめて立っていて、ゆっくりとぼくのほうへ歩み寄ってきた。その足どりの何とも重々しく見えることに、ぼくはたちまち疑念が突き上げてきた。近くまでやってきたお年寄りは、ぼくの手のひらの中にある泥水まみれの白っぽい物体を、じっと覗き込んだ。ぼくはその表情をかすめていく、ほんの些細な変化さえも見逃すまいと、穴が空くくらい睨みつけた。そこへいつの間に駆けつけたのか、さっきのあの少年が割り込んできた。

「見つけたんだね」

勲章を手に取ろうとする少年の手を、ぼくは素早く押し退けた。

「お探しになっていたのは、間違いなくこれでしょ？　ええ？　そうではありませんか？」

興奮を隠しきれない振りをして急き立てるぼくを、お年寄りはやがて顔を上げて見つめた。

その表情には、ぼくが期待していた大きな失望の色も、さりとて歓びの痕跡もなかった。ひたすら、憤怒と冷たい軽蔑によって醜く歪んでいた。ぼくはわけがわからなくて、呆気にとられるしかなかった。

「馬鹿くせえ真似なんぞしくさって！」

吐きだすようにつぶやくと、お年寄りはぼくをその場に残してくるりと背を向けた。そしてパラソルの中へ姿を隠してしまうではないか。

ぼくは拍子抜けして、ぼんやりとその場に立ちつくした。すると少年が、またしても勲章を横取りしようとやってきて、こう言った。

「こいつはおいらが、もらっとくわな。お爺さんはちっとも役に立たんと言っとったんやから」

その一言にようやくぼくは、はっとわれに返った。勲章についている泥土を上衣にこすりつけて、しきりに拭き取りながら、ためつすがめつすることに余念のない少年の手首を、ぼくは痛くなるくらい引ったくった。

「よかろう、おまえにくれてやる。ところで、何だって？　お爺さんがこれを、ちっとも役に立たないと言ったたって？」

少年はぼくが目を剥いて問いただしたのを見て、自分から勲章を取りあげようとしていると受け取ったのか、一歩後ずさりしながらせかせかと答えた。

「そうだってば。間違いなしにそう言ったんだから。だからこれを、ここへ棄てたんじゃないか」

「棄てたって？　どこかの男の子が見せて欲しいとせがむから、見せてやったら失くしてしまったと言ってたのに」

「そうじゃないって。お爺さんが棄てたんだよ」

ぼくはさっぱり事情が呑み込めない気分だったので、なおも少年の手首をつかんで、人気のないほうへ引っ張っていった。

「さあ、ちょっとここに座るんだ。きみに幾つか訊きたいことがあって、こんな真似をしているんだ」

そう言うとようやく少年は、怪訝そうな目でぼくに一瞥をくれた。

「それはそうと、おじさんは誰なんです？　あのお爺さんとどんな関係があるんです？」

「こいつ、それはむしろ、ぼくのほうが訊こうとしたことだ。きみこそあのお爺さんのことを、どのようにして知ったんだ？」

「おれんちの隣の部屋に住んでいるんだもの」

「ほう？　だとしたらきみはほんとに、あのお爺さんがこの勲章を、ちっとも役に立たないと言ったことを、きみの耳ではっきりと聞いた。そういうわけだな？」

ぼくがもういっぺん念を押すと、少年は気分を害して、膨れっ面で答えた。

「そうだったら。誓ったっていいくらいだ。こいつは息子がベトナム戦争でもらったんだけど、お爺さんはこれを壁に吊るしておいて、いつも、こんなものが何の役に立つんだといっては、棄ててしまうからと言ってたんだ。そう言ってるのをおれが聞きつけて、おれにでもおくれと言ったんだけど、くれなかったわ。ところがある日、これが見あたらないから、どうしたのかと訊いたら、あそこの水溜まりへ棄てた言うじゃないか。おれがさっき、笑わせる爺様だと言ってたでしょ？　まったくその通りだったというわけ。とにかく、役に立たないので棄てておきながら、どういうつもりでまた探しだそうとしたのやら」

「うむ……」

どういうつもりでまた探しだそうとしたんだ？　こうなるとぼくの予想は、見事に的を外したことになる。お年寄りのあの固い意志と勲章との関係は、さっぱりわからなくなってくるのだった。ぼくはゆっくりとかぶりを振りながら、ふたたび少年に疑問のまなざしを投げかけた。

「あのお爺さんはいま、誰と暮らしているんだい？」

「誰もいないやな。独り暮らしじゃないか」

「孫娘が一緒だと言ってたけど……？」

「ああ、あの娘だったらもう、一年前に死んだよ。交通事故で」

死んだ？　一年前にだって？　だとしたらあのお年寄りは、何のためにあんな嘘を……。

「あの老いぼれ犬は、息子が飼っていた犬だって？」

「おじさんたらどこから、そんないい加減な話を、仕入れて来たのかな？　あの犬だって誰かが棄てたものを、お爺ちゃん拾ってきて飼ってるんだ」

勲章と孫娘、そして犬に関わることすべてが嘘だったって？　その瞬間ぼくの脳裡に、直角に突き刺さってきた思い、お年寄りは何もかも先刻承知していたのだ！　ぼく自身が知っていることよりはずっと恐ろしくて冷酷なまでに、知っていたのだった。この世界を覆いつくしている、虚妄と無意味とそのほかのすべてのことを。

あちらのほうでお年寄りが、荷台に荷物を積んだ自転車を牽いて、空き地をでていこうとしているのが見えた。お年寄りは二度と、姿を現さないかもしれない。幾日も幾日もお祈りをした揚げ句、呼び集めた目に見えない魂でもって家を建て、いまようやく敷居を踏み越えようとした瞬間、どこからともなくひょっこりと出現したぼくを、憎んでいることだろう。けれどもどこかでは、ふたたびこれまでと同じ暮らしを始めることだろう。ぼくはまったく愚か者だった。

解説

安宇植

この小説集は、韓国の女性作家徐永恩自らが、彼女の三十七編に及ぶ作品を集めた『徐永恩中・短編小説全集』(全五巻、ソウル・図書出版トゥンジ刊)から選びだした、六編の小説を底本としたものである。ただし、六編すべてを収録するにはいささか分量が多すぎるので、中編「山行き」を除く五編を一冊にした。

徐永恩は一九四三年に韓国の東海(日本海)側にある、軍事境界線からもさほど遠くはない風光明媚な地方都市、江原道江陵市で生まれた。市内の女子中学へ通いだした一九五六年以後、娯楽の乏しい時代のこと貸本屋から韓国の作家たちの小説を借りて読み始め、病みつきになり文学少女になったらしい。一九五八年に江陵師範学校へ入学して一九六五年にソウル市水道局へ就職するまでのことが、年譜には次のように記述されている。

一九五九年　野党の民主党婦女部長だった母の活動が災いして、地方公務員であった父親が失職。

一九六一年　江陵師範学校卒業後、教員採用試験を拒否して大学入試を準備。父親の死亡。ソウルへ移転。

一九六五年　建国大学英文科へ入学。韓日条約反対デモのため休講が続く。この間に二度目の自殺を図り、未遂に終わる。

その結果、徐永恩はこの年に大学を中途退学して水道局へ就職するのだが、この頃の年譜にこだわったのはほかでもない。この小説集に収録されている中編「梯子が掛けられた窓」の、十代を迎えていた主人公「わたし」の生い立ちが、二度目の自殺を図って未遂に終わったことを含め、水道局へ就職するまでの徐永恩の経歴と少なからず重なり合うからである。むろんこの小説のディテールには、幾らかのフィクションが含まれていないとは思えない。たとえば作中では、三代にわたった独り息子に生まれ、甘やかされて育った無能な兄として描かれている主人公の兄が、年譜には「一九五四年　韓国外国語大学英語科に在学中であった兄からしごかれながら英語の修得に取り組む」と記述されており、必ずしも頼り甲斐のない兄ではなかったらしいからである。けれども、江陵市からソウルへ移転してきた一九六一年からというもの、この一家は収入の道がまったく途絶え、三度三度の食事にも事欠く貧困のどん底にあったというから、学生を含めて多数の下宿人や間借り人たちに多くの部屋を明け渡し、主人公が窓に梯子を掛けて出入りする屋根裏部屋暮らしを余儀なくされたことも、実際にあり得ないではなかっただろう。そしてそのため、この小説に描かれているようなさまざまな出来事に巻き込まれたり目撃したりし、それらの体験を通して主人公の自意識が形成されていき、人間的にも成長してきたわけで、そうした意味でこの小説には、若き日の徐永恩の自画像が投影されていると見なして誤りではない。

そのうえ、水道局へ就職してからも徐永恩の「文学少女」ぶりに変わりはなかった、いや、二十代になってますますほんものの文学少女になりつつあったことは、先の記述に続けて年譜に次のようにあることが物語っている。
一九六七年　『現代文学』誌の創作実技講座を通して作家朴景利（詩人金芝河の妻の母）と知り合う。初めて書いた習作「橋」を朴景利が賞賛、金東里に『現代文学』への推薦を依頼してくれたが、「随筆的」にすぎるとの批評とともに突き返された。
一九六八年　『思想界』誌の新人作品募集に「橋」が入選。
一九六九年　『月刊文学』誌の新人作品募集に「私と私」が当選。
一九七〇年　職場を辞めて作家生活にはいる。「断食」「後ろ歩き」「演奏会であったこと」などを発表。

こうして徐永恩は本格的に創作活動に入ったわけだが、一九七三年秋から、創刊したばかりの月刊『韓国文学』誌の編集部員として韓国文学社へ入社し、「発行人の金東里からは不利益を甘受する保守精神を、編集長李文求からはほんものの反骨精神を学んで作家精神を鍛えた」（年譜）という。一九七五年に韓国文学社を去ってからは、もっぱら作家生活に没頭したそうであるが、これまでに出版された散文集や童話、コントほかいわば雑文の類はすべて省略して、その後の彼女の主な小説だけを列挙してみると、次のようにそれが裏づけられる。

1、作品集
一九七七年『砂漠の歩き方』
一九七八年『肉と骨の祝祭』
一九八一年『鬼ごっこ』
一九八四年『黄金の羽毛』

一九九〇年『梯子を掛けられた窓』
一九九二年『道から海辺へ』

2、中・短編小説全集
一九七七年『徐永恩中・短編小説全集（1）砂漠の歩き方』
一九七七年『徐永恩中・短編小説全集（2）他人の井戸』
一九七七年『徐永恩中・短編小説全集（3）詩人と村長』
一九七七年『徐永恩中・短編小説全集（4）遠いあなた』
一九七七年『徐永恩中・短編小説全集（5）夢路から夢路へ』

3、小説選集
一九八三年『遠いあなた』（第七回李箱文学賞受賞作品集）文学思想社
一九八六年『野蛮人』（李箱文学賞受賞作家代表作選3）文学思想社
一九八七年『角と盾』東亜出版社
一九八七年『肉と骨の祝祭』（高麗苑小説文庫003）高麗苑
一九八八年『砂漠の歩き方』ペクサン
一九八九年『黄色い半月の門』作家精神
一九九五年『鬼ごっこ外』（韓国小説文学大系65）東亜出版社
一九九七年『官舎の人たち』（21世紀読書文庫7）シンウォン文化社
二〇〇四年『山行き』（韓英対訳）翰林出版社

4、長編小説

一九八四年『川の流れの終わり』文学思想社
一九八九年『懐かしいものは門になって』青脈
一九九三年『私の滑り台そして午後』同和書籍
一九九五年『夢路から夢路へ』青雅出版社
二〇〇〇年『彼女の女』（「時間の顔」改題）文学思想社

さて次に、この小説集に収録されているほかの作品にも触れなくてはならないが、「梯子を掛けられた窓」と共通するものが、それらの小説からも見いだせることに注目したい。「梯子を掛けられた窓」からまず気がつくのは、主人公の「わたし」が社会通念からはみだした、いや社会通念というものに、意識的に背を向ける生き方を選択する人物に成長していることであった。そのような人物像が、この小説集に収録されたほかの作品にも描かれているのである。たとえば小説集の表題になっている「遠いあなた」。

徐永恩の代表作でもあるこの小説の主人公は、ちっぽけな出版社の校正係で冴えない中年女性のムンジャ。彼女は独身だが、妻子のあるハンスと長年にわたって不倫の関係にあった。ところがそのハンスというのが、落ちぶれたときはいうまでもなく、羽振りがよかったときでさえ、彼女に何一つ与えたことがなく、彼女のほうもまた何一つ求めようとしたことがない、ヒモにひとしかった。それればかりではない。ハンスとの間にできた乳飲み子をハンスの妻に取りあげられても、彼女は不平一つこぼさなかった。おまけに、借金までしてやりながらいつもハンスにむしり取られなければならないため、貧しい暮らしに甘んじるしかなく、そのため社の同僚はもとより隣人たち、はなはだしくは母の妹つまりおばからも蔑まれ、冷遇されねばならなかった。

このような境遇と、ムンジャはどのように向き合ったのだろうか。

「苦痛よ、さっさとわたしを突き刺すがいい。お前の情け容赦のない刃が、わたしをずたずたに切り裂こうとも、わたしは生き抜くわよ。脚で立つことができなければ胴体ででも、胴体がだめなら首だけででも。いまよりも厳しい苦痛の中に立たされようとも、わたしは決して降伏しないわよ。彼がわたしにもたらした苦痛に、わたしはとことん彼を愛することで、報復するつもりよ。わたしはどこへも行かずに、この一つ所で与えられたそれだけでもっても、生きていけることを見せつけてやるつもりよ。そう、彼にばかりかわたしにこんな運命を背負わせておいて、わたしが耐えきれなくて悲鳴を上げたら慈悲を垂れようと待ち受けている神にも、わたしは立派に仕返しをするつもりよ！」

このようにいう彼女は、すると「運命」を呪い、神への復讐を考えているのだろうか。彼女は運命というものについても、別の作品で次のように語っている。

「運命はすでに与えられたものではなく、受け容れて引き受けるものでしょうよ。受け容れなければ運命の扉は、決して開かれないものでしょう。ひたすら開こうとする人にだけ、その向こうの世界を経験させるものでしょう。その向こうの世界は神の領域なので、人間には恐ろしくも苛酷な試練が伴うことになります。その闘いに敗れたら、たちまち深淵のあぎとに呑み込まれてしまうのです。けれども闘って打ち負かすことができれば、生きて神の領域の一部分になるのです」

このように「運命」にまで抗おうとする、彼女の反骨意識や忍従を慰藉してくれたのは、一頭のラクダであった。ムンジャは、いや徐永恩は心のうちに一頭の「ラクダ」を飼いながら、いや違う。彼女自身が一頭の「ラクダ」となって、熱砂の地のど真ん中を歩み始めていたのである。脂肪の塊にもひとしい瘤をおのれの墓のように背負って生きていく二メートル余りの大きな生き物であるラクダ。そのラクダを心のうちに思い描き、ラクダを支えにムンジャはさまざまな苦難に耐え抜いたのであった。

では、徐永恩のラクダは、「遠いあなた」を舞台に初めて登場したのだろうか。

むろんそんなはずはなかった。徐々に世俗的で安直な人生行路から遠ざかり始めた、言い換えるなら自意識に目覚め始めた「梯子を掛けられた窓」のある屋根裏部屋で、徐永恩の心の中のラクダは飼われ始めたのである。こうしたムンジャの生き方の中に、この作家の独特の考え方が示されていることはいうまでもなかろう。と同時に、こうした考え方がほかの作品にも見られることは、言わずもがなである。

たとえば「砂漠の歩き方」がそれである。ベトナム戦争で武功勲章を授与して帰国した、戦争のトラウマがもとで帰国後の現実に従いていけなくなっている主人公の「ぼく」が、ふとしたきっかけでべっこう飴売りの爺さんの不思議な行動に関心を寄せる。そして、爺さんが毎日のように、戦死した息子の勲章を見つけだそうとしているのを見て、「ぼく」は自分の勲章を代わりに見つけだして与えるが、爺さんはそんな「ぼく」から冷ややかに顔を背けるのである。実際には、爺さんは故意に勲章を棄てたのであり、爺さんがそれをふたたび見つけだそうとしているのは、砂漠のような世の中を生きていくための、最後の希望にすがりたかったからであった。つまり死んだ孫娘が生きていると信じたり、野良犬を息子が飼っていた犬だと思い込んで連れて回ったり、自分が棄てた勲章を見つけだそうとすることで、「この世界を覆いつくしている虚妄と無意味とそのほかのあらゆるもの」に耐えながら生きていくための、生き甲斐としたかったのである。ここにも社会通念、もしくは世俗的なものに背を向けている人物が描かれていることは言うまでもなかろう。

この小説集に収録されている「三角の帆」や「手話」などにも、同じことがいえる。徐永恩の現実と向き合ったそうした姿勢が、不条理だらけの一九七〇年代から今日まで、ただひたすら粘り強い作家活動を支えてきたのではなかったろうか。さらにいえば彼女が、韓国現代文学の黄金期を築き上げた代表的な作家の一人に選ばれてきた所以も、そこにあるだろう。

遠いあなた

著者　徐永恩　So Yong Un ©
訳者　安宇植　Ahn Woo Sik
一九三一年、東京生まれ。桜美林大学名誉教授。
主な訳書、尹興吉『黄昏の家』、蔣正一『アダムが目覚めるとき』、李文烈『ひとの子』、申京淑『離れ部屋』ほか多数。
装丁者　金田理恵
発行日　二〇〇五年九月二〇日
発行者　内川千裕
発行所　株式会社 **草風館**
東京都千代田区神田神保町三―一〇
印刷所　(株)シナノ

Co.,Sofukan 〒 101-0051
tel 03-3262-1601
fax 03-3262-1602
e-mail:info@sofukan.co.jp
http://www.sofuka.co.jp
ISBN4-88323-152-6